아직 지나가지 않은 것들만 지나간다

문정희 외

청색종이

우리의 문래에 들어오신 것을 환영합니다

이성혁

이 책은 문래동과 인연을 맺은 문인들(예술가들)의 글을 엮은 것이다.(글 쓰는 사람은 등단했건 안 했건 다 문인이다.) 이 책의 서문을 쓰고 있는 나 역시 이 책을 펴내는 출판사 겸 문래동에 있는 유일한 책방인 '청색종이'를 통해 문래동과 본격적인 인연을 맺었다. 그러나 문래동에 대한 '명성'(?)은 예전부터 알고 있었고 문래동에 포진한 스튜디오들의 연합 행사에 기웃거리기도 했다. 문래동 시 쓰는 이들의 모임 'ㄱ의 자식들'의 첫 시집인 'ㄱ'(갈무리, 2015)의 해설을 쓰기도 했으니 문래동과 인연이 없었다고만은 할 수 없다. 하지만 2016년 '청색종이'가 문을 열면서 기획한 인문독회에 참여하면서, 문래동에 정기적으로 오게 되었던 것이다.

그러나 이렇게 말하니, 나와 문래동은 사실 긴 인연을 맺은 건 아니라고 하겠다. 그럼에도 불구하고 문래동에 대한 글모음집에

서문을 쓰게 된 것은 아무래도 내가 평론 활동을 하고 있기 때문일 것이다. 난감한 일은 '평론-노동자'에게 맡기는 경향이 있다고 할까. 물론 농담이고, 이렇게 서문의 자리에 나의 글을 얹힐 수 있게 된 것은 '청색종이' 주인장의 호의 때문이라는 것을 잘 안다. 한편으로 문학평론가에게 서문을 쓰라고 한 건 이유가 있을 게다. 보통 문학적인 글을 읽고 그 글에 대해 무언가 쓰는 일을 하는 이를 문학평론가라고 하니, 아무래도 평론가가 쓰는 이 서문은 책을 펼쳐든 독자들이 읽어나갈 글들의 조각들을 언급하면서 글로 세워진 이 책으로 독자가 들어올 수 있도록 유혹하는 임무를 받은 게 아닐까 한다. 이와 함께 기고자들의 각각 다른 관점들을 모아 윤곽을 그려 보이는 것도 이 서문이 할 일일 것 같다.

'문래동'의 연혁에 대해서는 구선아 님의 글이 잘 설명해주고 있다.(구선아 님의 글을 또다른 서문 삼아 먼저 읽어도 좋을 듯 싶다.) 이에 말을 덧붙여보자. 문래동은 원래 작은 철공장들이 빽빽하게 들어선 일종의 공장지대였다.(일제강점기부터 공장지대가 설립되었기 때문에 일제시대 옛 가옥들이 아직도 많이 남아 있다.) 그러나 산업구조의 변화로 제조 산업이 점차 사양길로 들어서면서 적지 않은 공장들이 폐업을 해야 했다. 이 빈자리에 들어오기 시작한 것은, 젠트리피케이션으로 높아진 임대료 때문에 홍대 근처를 떠나야 했던 예술가들이었다. 이들은 문래동으로 와서 빈 공장에 들어와 작업실과 갤러리를 차렸다. 그래서 문래동은 철공소와 갤러리가 혼재하는 기묘한 공간이 되기 시작했던 것이다. 구선아 님의 표현을 빌리면 "땀 흘려 몸으로 일해야 하는 철강소 노동자와 창조적 노동을 하는 예술가가 함께하는 동네가 탄생한 것"이라고 할 수 있다.

문래동이 대중적으로 알려진 것은 바로 미술가들이 이곳에 예술촌을 형성하기 시작하면서였을 것이다. 그런데 이곳도 젠트리피케이션의 대상이 될지도 모른다는 생각에 철공소를 운영하는 이들이나 예술가들이 문래동이 명소가 되는 것을 썩 반기지는 않는다고 한다.(오은 시인의 글이 이 젠트리피케이션 문제에 집중하여 조명한다.) 더구나 젠트리피케이션이 된다면 문래동의 매력은 급격히 떨어질 것이다. 쇠락해가는 영세한 철공소와 가난한 예술가들의 예술촌의 융합이 이곳을 그 어디에서도 보기 드문 장소로 변화시킨 것이기 때문이다.(이병일 시인은 바로 이 묘한 융합을 문래동 벽화 골목에서 찾아내고는 "날개 안쪽에서 쇠구슬 굴러가는 소리가 튕겨 나온다"고 말한다) 그래서 문래동의 젠트리피케이션을 막아야 예술가와 노동자들이 이곳에 계속 거주할 수 있을 것이며, 이 새로이 형성된 매력적인 장소도 계속 유지될 수 있다.

그래서 이곳은 새로운 예술과 함께, 임정진 작가가 문래동에서 노동 현장을 주목하고 있듯이, 오래된 노동이 숨 쉬고 있다는 것을 잊으면 안 될 것 같다.(명소라고 해서 이곳을 구경의 대상으로 삼는 것이 아니라 노동자와 예술가의 땀 흘리는 삶이 살아가는 장소라는 것을 잊으면 안 되리라.) 이곳에는 노동하면서 삶을 꾸리는 이들의 고난의 눈물(전영관 시인이 '문래동'에 대한 시편에 손이 뭉개진 프레스 공을 조명하고 있는 것은 이유가 있을 것이다)이 스며들어 있다. 예술이 이 노동의 고장에 스며들면서, 문래동은 미적 근대가 낳은 예술과 삶의 분리선이 점차 지워지는 장소가 된다.(이인아 작가는 예술과 노동이 결합된 세계의 유토피아적 이미지를 소설로 풀어내고 있어서 흥미롭다.) 이곳에서 노동은 예술에 의해 조명되고 예술은 노동에 의해 새로이 뒷받침된다. '예술촌'으로서의 문래동이 가지는 의미는 여기에 있을 테다.

사실 문래동이 매력적인 것은, 이곳이 개발이 아직 잘 안 되었기 때문이기도 하다. 매끈한 거리와 화려한 건물로 구성된 공간은 삶의 땀 냄새가 나지 않는다. 하지만 옛 골목이 아직도 보존되어 있는 문래동 이곳저곳을 걷고 있노라면, 사람들과 함께 살고 있음을 느낄 수 있다. 골목길, 그래, 문래동의 매력은 내겐 이 골목길에 있는 것 같다. 이 책에 실린 시들은 문래동 특유의 골목을 발상으로 한 것들이 많다. 시인들도 골목이 가지는 장소성에서 시적 영감을 받은 것이리라. 이 책의 글들에서 문래동에 대한 나의 인상과 생각이 기고자들과 거의 비슷하다는 것을 느꼈다. 문래동에 올 때마다 느낀 어떤 기시감과 정다움을 기고자들도 느꼈던 것, 그것은 보존되어 있는 옛 골목길의 모습이 유년 시절의 추억을 불러 일으키기 때문일 것 같다.

서울에서 태어난 나는 유년을 떠올리면 여러 갈래로 나 있는 골목길이 펼쳐진다. 골목길이 나의 고향인 것, 그래서 문래동 골목은 마치 고향에 왔을 때 느끼는 정다움을 내게 주었던 것, 그래서 고진하 시인도 말하듯이 문래의 골목은 추억을 불러일으키는 장소다. 골목이란 어떠한 곳인가? 내겐 '다방구'의 장소였다. 숨어 있기가 편했다. 유년 시절 친구들과 다방구 놀이를 주로 했던 것은 우리들의 놀이터가 골목이었기 때문이다. '청색종이' 대표인 김태형 시인도 이 책에 실린 시에서 "숨을 곳이 없었다 이 골목밖에"라고 말하지 않는가? 어른이 되어 세상에 치이다가 숨을 곳 역시 골목이리라.

숨어 있을 수 있는 곳이 골목이라면 또한 길을 잃어버리는 곳도 골목이다. 숨어 있다가 길을 잃기도 하는 곳. 정말 나도 집 주변 골목길을 돌아다니다가 길을 잃어버리고는 울면서 엄마를 찾곤 했던 기억이 있다. 하지만 길을 잃는다는 일은 공포를 불러일으키기도 하지만 매혹적이기도 하다. 길을 잃으면 우리는 어디로 가야 할지 모른다. 미지未知가 앞에 놓여 있는 것이다. 정해진 것은 없다. 그래서 어디로든 갈 수 있는 곳이 거미줄처럼 엉킨 골목길이다.('거미줄'이란 비유가 좀 부정적인가? 천수호 시인은 문래동의 골목길을 놀랍게도 '실핏줄'로 비유하고 있기도 하다.) 그래서 아이인 내가 새로운 골목길에 들어섰을 때, 공포심보다 먼저 호기심과 가벼운 흥분이 불러일으켜졌던 것이리라. 그리고 어른이 된 내가 문래동 골목길에 들어섰을 때에도, 나는 어릴 때 느꼈던 호기심을 다시 느낄 수 있었다. 서윤후 시인이 문래동3가를 '재미공작소'라고 부른 것은 문래동 골목이 지닌 그 미지의 성격 때문일 것이다.

골목은 은밀한 만남의 장소이기도 했다. 골목길의 어두운 등

뒤편에서 키스를 한 기억이 있지 않는가? 골목에 대해 좋은 기억만 있지는 않을 것이다. 김이듬 시인이 보여주고 있듯이 애인과 골목에서 대판 싸우고 헤어진 장면을 연출하기도 하지 않았던가? 키스를 했든 대판 싸우고 연인과 헤어졌든, 골목은 우리가 은밀하게 뜨거웠던 관계의 기억을 품고 있다. 그래서인지 골목에서는 취기가 느껴지기도 한다. 술에 취하는 것이 아니라 골목에 취하는 느낌이 들 때가 있는 것이다. 또한 골목길은 모르는 이와의 마주침도 이루어지는 곳이다. 골목에서의 마주침은 대로변에서의 낯선 이와의 마주침과는 묘하게 다르다.(김태형 시인과 함께 '청색종이' 공동 대표인 정정화 화가의 시는 이 문래동 골목에서의 마주침을 "서로 조금씩 어깨를 비켜"주는 모습으로 그리고 있다. 정 화가는 이 잠깐 동안의 만남과 헤어짐에 대해 "아직 지나가지 않은 것들만 지나간다"고 멋지게 쓰고 있다.) 대로변의 마주침이 시각적이라고 한다면 골목에서의 마주침은 촉각적이라고 할까.

문래동 골목에서 마주치게 되는 모르는 이가 마치 전에 아는 이였던 것처럼 낯설지 않다고 느끼는 건 나만 아닐 것이다. 그래서일까? 문래동 골목은 새로운 만남이 이루어지는 곳 같은 것이다. 그래서 송재학 시인은 골목에 대해 "천 개가 넘는 사람의 목소리를 쟁여놓았다"고 쓴 것일까. 황선재 시인은 "등 뒤로 득실대는 소리들"을 듣고 있기도 하고. 생각해보니 내가 근년에 새로이 알게 된 사람들 중에서 문래동을 통해서 알게 된 분들이 많다. 'ㄱ의 자식들' 분들도 모두 문래동에 거주하는 분들이고 청색종이의 인문독회에 참여하면서 많은 이들과 새로 만나 친분을 쌓았다. 그리 보면 정우영 시인이 "막다른 골목마다 땅땅, 새 꽃이 핀다"는 말은 과장이 아니다. 정우영 시인의 시에서도 언급되고 있지만, 여러 설이 있는 문래라는 명칭의 유래 중에서 '물레'에서 왔다는 설이 그럴 듯하다는 것도 이유가 있다. 그렇다면 왜 이 동네에서 '물레'를 생각하게 된 것일까? 김선주 작가가 소개해주고 있듯이 문익점의 목화솜이 들어온 곳이 이곳이어서 문래라는 이름이 붙여졌거나, 목화와 물레가 연결되어 생각되면서 문래란 이름을 얻게 되었을 수도 있다. 하지만 한편으로 이 장소가 만남과 관계를 자아내는 곳이기 때문에 물레라고 불리게 된 것은 아닐까?

그런데 문래동에서의 만남은 각자 문래동에 대한 기억과 이미지를 품고 있는 이들이 만나는 것, 그래서 문래에서 모이는 이들은 제각각 문래에 대한 다른 이미지를 가지고 사람들과 만나고 있을 것이다. 가령 김선주 작가에게 문래는 에로티시즘의 장소이다. 문래동에서 가난한 유년 시절을 보낸 조해진 소설가에게 문래는 글文이 오는 기억의 저장고이자(이 책에 실린 조해진 소설가의 글에 따르면 그는 문래에서 태어나서 아홉 살까지 문래의 "방 두 칸짜리 무허가 판잣집"에서 가족과 함께 살았다고 한다) 미未-래來(아직 오지 않은)에서 오고 있는 문장이다. 문 씨 성을 가진 문정희 시인에게 문래는 어떠한 장소인가? 달[moon]이 오는 곳(외국 시인들은 문정희 시인을 Moon이라고 불렀다고 한다.)이며 "미래를 향해 열린 문門"이기도 하다. 삶이 여러 가지로 어려울 때 문래동에 정착하면서 새로운 삶을 살게 되었다는 유지연 작가도 문래를 "달이 올 수 있는 동네"라고 부르면서 "마음의 고향 같은 곳"이라고 말한다. 아, 문 씨 성을 가진 현 대통령도 후보시절 이 문래동의 '청색종이'에 방문한 일이 있군.

이리 보면 문래동은 온갖 존재자들이 들어오는 문이다. 또한 글들이 이곳에 와서 이 책이 만들어졌듯이, 문래는 사람들이 모여 서로 뒤섞이면서 무엇인가를 만드는 곳이기도 하다. 나는 문래동 청색종이에서 사람들과 함께 읽은 책에 대해 토론한다. 이역시 무엇인가를 만드는 행위, 내겐 앎과 관계를 만들어가는 곳이 문래다.(이러한 문래의 '청색종이'는 김선향 시인의 표현을 빌리면 사람들이 각각 향기처럼 "스며들고 번지"는 곳이며, 김혜영 시인의 표현을 빌리면 삶이라는 사막을 걸어가는 낙타들이 물을 얻어 마시고 가는 곳이다.) 문래는 그렇게 사람들이 만나고 스며들고 힘을 얻는 곳이다. 그래서 문래, 이곳은 방민호 시인이 "지금 여기 살지 않"는 '내 팽이'와 달을 통해 만날 수 있을 것만 같은 곳이기도 하며, 이젠 사라져버리고 최연 시인의 기억 속에만 있는 장마철 개천의 "뱀 같은 물"이 문을 통해 들어올 것만 같은 곳이기도 하다. 그렇게 문래에서는 낯선 이들뿐만 아니라 잃어버리거나 잊어버린 것들과의 만남이 이루어질 것만 같다. 모든 만남이 이루어질 것만 같은 장소, 그곳이 문래다. 그래서 이 책을 펼쳐든 모든 이들, 그리하여 이 책과의 만남이 이루어진 모든 이들에게 말하고 싶다.

"우리의 문래에 들어오신 것을 환영합니다!"

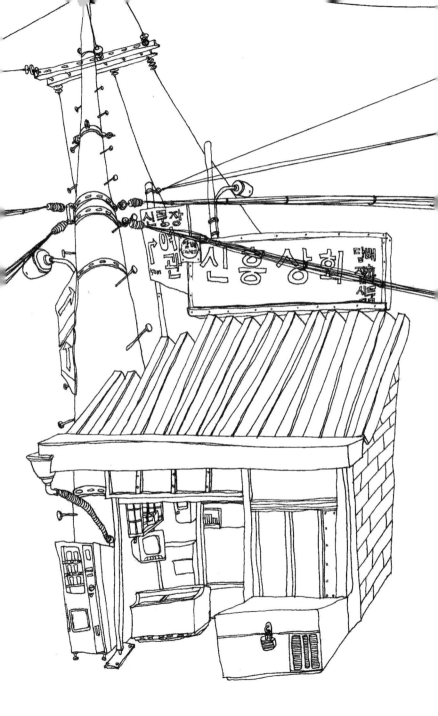

목차

문래

문정희

문래文來는 원래 문 씨네 아들 이름
아버지 익자 점자 문익점文益漸께서
먼 곳에서 들여온 목화를 길러
실 뽑는 기계 물레를 만든 이가
문래라네

아시다시피 나는 문 씨 딸
또한 문학의 자손이지
외국 시인들은 나를 문Moon이라 부르지만
나는 미래를 향해 열린
문이 되어도 좋아

나는 이래저래 문래가 좋아

문래 골목
창조의 뮤즈들과
도발적인 예인들과

과거 현재 미래를 물레로 돌려
한 송이 꿈을 만들어도 좋아

문래 골목
새로운 물이
퐁퐁 솟아나는 발원지여도 좋아
이윽고 큰 강에 이르는 물길이어도 좋아

골목과 굴곡, 다음은 별자리

송재학

골목은 굴곡, 굴곡끼리 모서리를 지우는 울력을 하지 굴곡은 각진 모자를 쓴 세필 초상화를 내밀었다 회색부터 갈색의 챙을 가진 모자는 문득 천 개가 넘는 사람의 목소리를 쟁여놓았다 모자를 깊이 눌러 시선을 가리면서 골목은 주말을 쉬게 되었어 골목의 발목뼈 또한 수백 개로 이루어졌기에 관절염이나 흐린 날씨에 맞춤이겠다 철 지난 노래가 들렸으므로 가끔 고기압의 목선 그림자도 전세와 월세로 번갈아 몇 년을 삭이는 곳, 상하이와 블라디보스토크라는 낯선 약속을 지키려는 사람들이 화투장처럼 섞이네 안약을 넣고도 눈을 비비는 이유가 저기 있었군 금간 입술이 대신하는 벽과 모서리는 한동안 페인트칠을 마다했다 창문마다 울음, 울음 대신 웃음과 직결되기에 골목은 길고 긴 사각형이지만 때로 물이 고이는 하루를 몇 차례 남겨두었다 흑백의 경첩 음들이 지느러미처럼 간신히 제 움직임에만 귀 기울이는 곳, 하지만 볼록하고 오목한 골목이라는 발꿈치는 소리를 납작 죽여서 울지 못한다 며칠 전 빗물로 질척거리던 골목은 비늘을 떼어 정강이를 말리고 습관처럼 별을 찾아왔다 통금 사이렌과 마주친 발자국은 대문을 두드리고도 아직 신발을 가지런히 놓지

못했다 골목은 내내 모서리가 닳고 길어지면서 결국 별자리 지
도와 비슷해진다

오래된 골목

고진하

긴 장마에
푸른 이끼 이끼 피어 미끄러운
골목길
다닥다닥 붙은 집들
쇠붙이마다 붉은 녹이 슬어 있다

밤이 되자
오래된 사랑이 몇 마디 내뱉은
주황색 등불 걸리고
내 발걸음도
비틀거리는 취객들 사이에 섞여
돌아오지 않을
옛사랑의 추억을 흥얼흥얼 흩뿌린다

이 골목을
처음 찾아든 날
쨍쨍한 햇빛에 표백되어

어리석은 내 백골까지 드러났고
오늘은
빨강 파랑 노랑… 우산 속에
세상의 수치까지 감추었다

이 장마 끝나면
이 골목은 세상에서 종적을 감추리라
푸른 이끼도 붉은 녹도
비틀거리는 취객들과 함께 사라지리라

그렇게
영영 사라지기까지
오래된 사랑이 몇 마디 내뱉은
주황색 등불은 부적처럼 걸려 있겠지만

야래향

김응교

나 태어난 곳 근처에는 양색시들이 많았어
아이들은 양색시가 사는 집을 야래향이라고 불렀어
왜 그렇게 불렀는지 모르겠어
꼭 양색시 집만 아니라
일본 남자와 같이 사는 여자 집도 그렇게 불렀어
야래향 앞에는 가끔 아이노꼬 소녀가
오도카니 양 무릎 오므리고 앉아 있다 들어가곤 했어
투명한 물방울 소녀를 골목에서 훔쳐보던 나는
달빛 덮은 야래향만 생각하면 코끝이 열리곤 했지
야래향 야래향, 아이들은 소녀를 놀렸는데
야래향, 단어만 들으면
왜 코끝에 분냄새 돌고 어지러웠을까

30여 년 지나서야 분냄새의 정체를 알았어
우연히 중국집 간판을 보고 알았지 뭐야
한문으로 夜來香, 밤에 오는 향기

문득 내 어린 시절 떼쓰며 엉겨붙어

자리가 꽉 찼다는 중국집을 밀치듯 들어간 거야

밤에 향기가 멀리 진하게 퍼져 간다는 꽃

야래향의 중국어 발음은 옐라이썅이라고 메뉴판에 써 있더라

짜장면하고 개구리튀김 시켜 먹는데,

친구들과 짜장면 먹고 돈 모자라서 내빼던 순간,

둑가에서 회초리로 때려 잡은 개구리 뒷다리 구워먹던 순간,

야래향이란 단어만 들으면 고추 끝이 따끔해지던 순간,

들통 날까 봐 비장해 두었던 궤짝 속에서 튀어나오는

순간 순간

그 많던 순간들은 어디로 갔는가

에라이 썅! 나도 모르게 욕했는데 글쎄

옐라이썅 옐라이썅 흥얼거리며

야래향 소녀가 쟁반 들고 다가오는 거야

가슴도 제법 봉긋 부풀어 있었어

소녀야 그때 미안해 말 걸고 싶어도 수줍고 떨렸어
너만 보면 머리가 어지럽고 그냥 그랬어
라고 말하려는데, 아뿔싸, 식당 종업원이지 뭐야
그래도 기뻤어
야래향만이 남아 꽃향기 내뿜고*
그 시절 야래향 한 됫박쯤 가슴 가득 풍겨졌거든

* "只有那夜來香 吐露着芬芳": 중국 가수 떵 리쥔(鄧麗君)의 노래 〈옐라이쌍〉(夜來香)에서

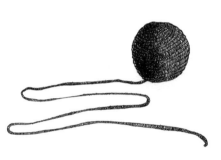

골목의 기억

정진아

새로 생긴 아파트 단지가 지워버린
이년 전 내가 살던 우리 동네.

놀이터와 화단 사이에서
학교 가던 골목이 피어난다.

좁은 골목 앞 시간
아빠를 기다리던 발에 멈춰있고,

나지막한 담장 아래 시간
소꿉 밥상을 차리는 손에,

대문 옆 채송화의 시간
친구 이름을 부르던 목소리에,

이쪽에서 저쪽까지 늘린 고무줄의 시간
폴짝 뛰어넘는 맨발에,

미리 볼 수 없는 답안지 같은 모퉁이의 시간
울면서 돌아오던 마음에 멈춰있다.

거대한 아파트 단지를 서성이면
불쑥불쑥 나를 찾아오는, 지금은 사라진 골목.

문래

정우영

문래의 그늘에서 네가 자란다.
낡고 삭은 냄새들이 풋풋해지기 시작했다.
이젠 누구라도 되돌리기 어려울 것이다.
버려진 부품들이 스스로 창고를 채우고
충분히 바래진 문래도 새 실 풀어놓을 기세다.
그래, 영험한 실이거든 얼마든지 풀려라.
예기치 않은 목숨들도 기꺼이 찾아들 테니.
구부러지고 동여맨 기억들 창문이 밝다.
막다른 골목마다 땅땅, 새 꽃이 튄다.
문래는 본래 네가 잣던 물레의 심장,
숱한 곡절들 품고 뱉는 문래가 돌고 있다.

파란 대문이 있는 풍경

허연

숨이 턱에 차오르게
파란 대문집 앞에 서면
채송화 핀 담벼락에
가끔 덜 여문 연서 같은 게 적혀 있곤 했습니다

부끄럽게 부끄럽게
늦게 핀 능소화 한 송이가
맨발로 소나기를 맞고 서 있는 오후

비가 그치면
성치 않은 비둘기들 모여 있는
슈퍼 앞 흙탕물에는
비틀린 무지개가 선물처럼 떠 있었습니다

멀리 보이는 공사장 크레인이
얼마 남지 않은 골목의 나날을 말해주지만
올해도 아이들은

손톱에 봉숭아 꽃물을 들였습니다

무명의 날들은 그렇게
수챗구멍으로 빨려 들어가
기억도 없이 가버렸습니다

불과한 실직자들 낙과처럼 떠도는
철로변 31번지
그래도 가끔은 공놀이하는 아이들 얼굴에
천사들이 왔다 가곤 했습니다

위험한 짐승

김태형

어두운 골목으로 뭔가 길고 어두운 것이 지나갔다
이상하다 싶어 골목으로 달려나갔다
부르지도 못하고 저거 뭐지
문밖에 나와 서 있었다
골목 구석을 돌아가다가 이거 뭐지 하고
저도 뒤돌아보았다 족제비였다
추운 발로 족제비가 지나갔다

위험한 길은 다시 가지 않는다던데
갈 길이 마땅치 않았는지
며칠 뒤에 또 마주쳤다
일제 때 이 골목으로 시집온 할머니도 본 적이 없었다
심지어 골목에서 함께 본 젊은 목수도
잘 모르겠다고 고개를 내저었다
순식간이었으니까
처음 만난 그때처럼 서로 바라보지 못했으니까
놀란 듯 담벼락 구멍으로 달아났으니까

가죽나무 가지가 찬바람에 회초리처럼 후려치듯 떨어졌다
내 몸만 구석에 가만히 서려 들었다
골목 끝에 골목이 없었다
여기서 사라져도 괜찮겠다고 생각했다
숨을 곳이 없었다 이 골목밖에
머뭇거리다 돌아서도 또 머뭇거릴 수밖에

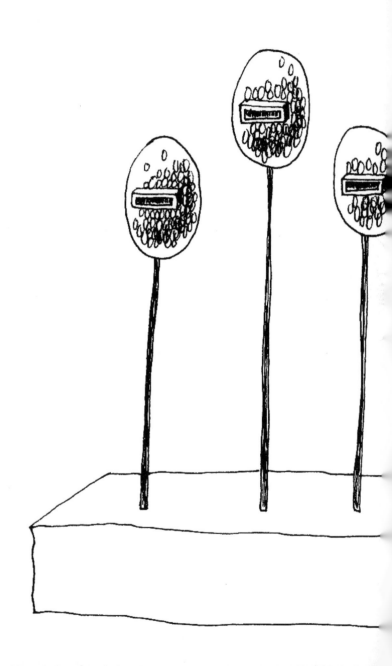

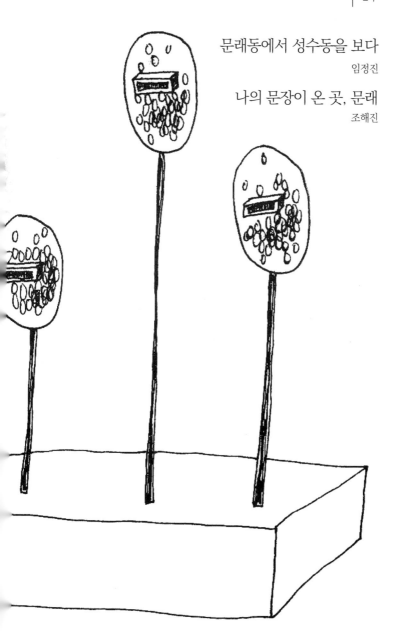

2부

문래동에서 성수동을 보다
임정진

나의 문장이 온 곳, 문래
조해진

문래동에서 성수동을 보다

임정진

박정섭 작가의 그림책 식당과 청색종이 덕분에 문래동에 몇 번 가게 되었다. 갈 때마다 두리번거리며 골목 사이를 헤맨다. 새롭게 생긴 카페나 예쁜 가게보다는 오래되어 보이는 작은 공장들에 눈길이 더 갔다. 커다란 철판이나 큰 파이프가 쌓여있는 광경이 자꾸 마음이 쓰였다. 일거리는 많을까. 납기는 잘 맞추시는 걸까. 부자재는 공급이 원활할까. 중국에서 배로 실어오는 게 더 싸다고 하던데 문래동 사장님들은 괜찮으신 걸까. 결제는 바로바로 받고 계시는 걸까. 요새도 어음 받고 부도가 나고 그러는 건 아니겠지. 아냐. 아직도 그럴지도 모르지. 카페들이 생기면 공장 소음이랑 분진 때문에 민원이 들어올 텐데 괜찮을까.

나는 공장지대 출신이다. 내 또래 중에 공장에서 노동운동 한 이들이 있었지만 난 그런 일을 해볼 위인은 아니었고 그냥 어릴 때 살던 동네가 공장지대였다. 행정구역으로는 성수동이지만 다들 뚝섬이라고 불렀다. 우리 집은 조립주택 8호집이었는데 조립주택단지는 공장서 벽체를 다 만들어 와서 조립하는 방식으로 세워진 거라 했는데 50여 채 집이 다 똑같은 모양이었고 지붕의 기와 색만 달랐다. 작은 마당이 있었는데 모든 집에 라일락 나무가 한 그루씩 심어져 있었다. 지금은 서울서 4월에 라일락 꽃이 피지만 그때는 결단코 5월 초에 라일락 꽃이 피었다. 그때가 되면 온 동네가 라일락 꽃향기에 둥둥 떠 있었다.

우리 집에서 내가 다니던 경동국민학교까지 걸어가는 길에는 죄다 소규모 공장들이 늘어서 있었다. 중간에 친구네 아버지가 운영하는 큰 고물상이 하나 있었는데 난 가끔 헌 종이를 모아 묶어서 그 고물상에 가져가기도 했다. 지금 생각해보니 내가 가져간 종이가 얼마 안 되어서 100원어치나 되려나 싶을 정도인데 친구 아버지가 밀크캐러멜(미루꾸카라멜이라고 불렀다)이라도 사 먹게 300원 정도 주셨던 거 같다. 고물상에는 계근장 설비가 있었다. 넓은 철판 위에 차가 올라가면 그 차와 짐 무게를 재는 것이다. 그리고 차 무게를 빼면 짐 무게가 나오는 방식이다. 고물상은 지저분했지만 친구네는 부자였다.

작은 공장들은 아침 일찍부터 무언가를 만들었다. 넓은 철판을 호떡 찍어내듯이 동글동글 잘라내기도 하고 둥글게 휘거나 접기도 하였다. 철근을 길이에 맞춰 자르기도 했고 용접하는 곳도 있었다. 용접하는 공장 앞을 지나갈 때는 불꽃이 튀기라도 할까봐 빨리 지나갔다. 용접공들은 철가면을 얼굴 앞에 들이댔다가 치웠다가 하면서 용접을 했는데 그때 철가면 만화가 늘 생각났다.

성수동에서 제일 큰 공장은 군수공장이었는데 군인들이 입는 판초 우의 같은 걸 만든다고 했다. 굴뚝서 늘 시꺼먼 연기가 나왔고 냄새도 고약했다. 그거에 비해서 작은 공장들은 오히려 시끄럽기만 했지, 오염물질을 많이 배출하지는 않았다.

아버지는 왕자파스 공장에 다니셨다. 나중에 모나미와 합병을 하였다. 어쩌다 아버지 공장에 구경을 가면 크레파스가 쏙쏙 빠져나오는 틀이 빙글빙글 돌아갔다. 공장에서는 물감도 만들고 나중에는 공책도 만들었다. 그때는 어른들은 다 공장에 다니는 줄 알았다. 그런데 내 친구 미희네 가보니 쌀집을 하고 있어서 미희네 아버지가 쌀을 자전거에 싣고 배달을 가시곤 했다. 그래서 어른들은 가게를 하거나 공장에 다니는구나 하고 생각했다. 그때 제일 이상했던 건 대낮에 버스를 타고 다니는 어른들이었다. 왜 공장에서 일 안 하고, 가게를 보지도 않고 돌아다니는 걸까. 저 어른들은 다 실업자인가. 그렇게 생각했다.

중2가 되고 우리집은 서초동 아파트로 이사를 했다. 동네에 칠성사이다 공장이 있었지만 큰 건물 속에 공장이 있는 거라 공장인지 아닌지 알 수 없을 정도였고 사이다 싣고 다니는 트럭이 많아서 오히려 주차장이 더 넓어 보였다. 공장 없는 동네에서 살게 되어 성수동 같은 어수선한 분위기에서 탈출하였다고 생각했다. 게다가 우리가 사는 극동아파트 옆은 외국인 주택단지였다. 철조망 사이로 외국인들이 사는 모습이 보였다. 여름이면 비키니를 입고 자기 집 뜰에서 일광욕을 하는 외국인도 있었고 외국 아이들이 자전거를 타고 노는 모습도 다 보였다. 시끄럽고 냄새 나던 공장지대 성수동과는 아주 달랐다. 하지만 서초동에 이사한 지 1년 만에 아버지가 갑자기 돌아가시고 그 후 1년 내내 우시던 어머니는 큰 결심을 하고 작은 공장을 차리기로 하셨다.

딸 넷을 기르려면 뭐라도 해야 하는 상황이었고 어머니는 모나미 사장님께 부탁해 병매직펜 뚜껑을 납품하는 일을 시작하셨다. 아파트에서 다시 서초동 주택으로 이사를 하고 어머니는 새 서초동 집 지하실에 공장을 차렸다. 뚜껑을 만드는 방법은 가루를 틀에 붓고 열로 익혀내는 사출성형 방식이었다. 붕어빵 굽는 방식과 비슷했다. 베이클라이트(Bakelite 열경화성 수지)가 정확한 용어였지만 모두들 빼꾸라이트라고 불렀다. 뚜껑이 정확히 병과 맞으려면 틀이 정확해야 하는데 그 틀은 금형이라 불렸고 금형은 1년에 한 번 정도 갈아줘야 했다. 금형을 만드는 기술이 아주 정밀하고 어려운 기술이라 금형의 가격은 아주 비쌌다. 금형을 만들려면 밀링이나 선반 기술자가 있어야 하는 거였다. 그때는 국제기능올림픽대회에서 상을 타고 오면 신문에도 나오고 그런 시절이었는데(지금은 하는지, 안 하는지 모르겠다.) 기능올림픽대회에서 중요한 부문이 선반가공 부문이었던 것으로 기억이 난다.

집 안에 공장이 생기니 다시 성수동이 된 기분이었다. 걸핏하면 지하로 불려 내려가 공장 일을 도와야 했다. 사출기에서 쏟아져 나온 매직병뚜껑은 가장자리에 플라스틱 찌꺼기가 붙어있었고 그걸 샌드페이퍼에 대고 밀어서 말끔하게 만들어야 했다. 그러고도 잡티가 있거나 모양이 조금 이상한 것들을 일일이 손으로 골라내야 했다. 불량품이 있으면 납품 갔다가 돌아오는 경우도 있었기 때문에 세심하게 골라야 했다. 지금도 그 딱딱한 병뚜껑들이 따그르르르르 소리를 내며 큰 통 안에서 구르며 서로 부덮히는 소리가 귀에 들려온다.

지금 생각하니 아마 그 금형을 문래동에서 만들지 않았을까. 혹은 청계천일 수도 있겠다.

문래동 골목에 서서 나는 성수동을 생각한다. 무언가를 만들어내던 정직한 사람들. 정직한 손들.

그들이 행복하길. 내내 행복하길. 자판이나 두드리며 콩알 하나 만들어내지 못하는 나는 늘 부끄럽다.

나의 문장이 온 곳, 문래 文來

조해진

2014년 문예계간지《문학동네》봄호에 자전소설「문래」를 발표한 뒤부터, 그 작품을 읽은 사람은 누구나 내 고향이 문래라는 것을 알게 되었다. 그 소설의 마지막 문장은 이렇다. 내 고향은 문래라고, 나의 문장[文]이 그곳에서 왔다[來]고……. 동洞의 이름에 지나지 않던 문래에 '문장이 오다'라는 근사한 뜻이 담겨 있다는 걸 처음 알았노라고 말해준 독자도 있었고, 지하철을 타고 가다가 문래역을 지나칠 때면 내가 생각난다는 문자를 보내온 친구도 있었다. 나로서는 용기를 내어 쓴 작품이었다. 아니, 용기 이상의 의미가 있었다. 「문래」를 쓰기 이전과 그 이후의 나는 다른 사람이라는 생각마저 들었다.

소설에도 썼듯, 문래를 떠나온 아홉 살 이후로 나는 아무에게도 문래에 대해 말하지 않았다. 온갖 존재론적 고민과 연애의 시행착오와 한치 앞도 알 수 없는 미래에 대한 불안은 털어놓을 수 있었어도 문래만큼은 입에 올린 적이 없다. 당연히 문래의 풍경, 문래의 시간, 문래의 내 유년도 침묵 속에 묻혔다. 아니, 침묵 속을 떠다녔다, 닻이 없는 작은 배처럼. 돌이켜보면 놀랍도록 길고 단호한 함구였다. 그렇다고 문래가 엄청난 상처로 각인되어 (무)

의식적으로 회피한 건 아니었다. 문래라는 단어조차 금기시하겠다는 굳은 다짐을 한 날도 내 삶엔 없었다. 그 함구에 대한 이유를 굳이 찾는다면 그저 내 성향 탓일 것이다. 남들과 다른 점, 평범하지 않은 것, 누구라도 귀 기울이거나 눈여겨봄 직한 것을 좀처럼 드러내지 않으려는 성향……. 소설가는 타인의 삶을 들여다보고 상상하는 사람인 동시에, 세계에 길항하는 개인의 삶을 문장에 담기 위해 어쩔 수 없이 자신의 경험에서 보편성을 추출해내는 사람이다. 나는 '나'라는 사람을 평균과 표준 속에 가두려는 나의 성향이 소설가로서 미덕인지 약점인지, 오랫동안 알수 없었다.

그런데 왜 나는 처음 써보는 자전소설을 '문래'로 채웠던가.

문래를 빼고는 나 자신에 대해 쓸 수는 없다고 여겼던 걸까, 아니면 문래가 소설적으로 풀어가기 쉬운 소재라고 판단했던가. 사실은 아무런 계산이 없었다. 자전소설을 청탁받은 순간부터 내 머릿속엔 그저 문래뿐이었다. 말로는 전할 수 없지만 글이라면, 아니 소설이라면 가능할 것 같았다, 내 고향을 밝히는 것이…….

내가 태어난 곳은 정확하게 문래동6가였다.

문래동6가는 긴 골목으로 기억된다. 골목은 좁았고 양편으로는 정부의 허락도 없이 난립된 판잣집이 빼곡했다. 그 골목을 벗어나면 소규모 철공소가 연이어졌는데, 그래서인지 쇠를 자르는 소리와 탁한 먼지 냄새가 어린 시절의 내 감각을 지배했다. 언제부터인가 거대한 아파트가 문래동6가의 풍경을 구성하는 하나의 조각이 되었다. 신동아아파트, 문래에 처음으로 건설된 아파트였다. 기록에 의하면 신동아아파트는 1987년부터 입주가 시작되었다고 하니, 1984년까지만 문래에서 살았던 내가 본 것은 텅 빈 시멘트덩어리였던 셈이다. 기록은 그러하지만, 내 기억 속에선 황금빛의 조명이 휘황하게 빛나고 잘 차려입은 사람들이 쉼 없이 드나들던 곳이었다. 아마도 왜곡된 기억일 것이다. 그 시절 나는 골목의 친구들과 함께 그 아파트로 몰려가 엘리베이터를 타는 놀이에 빠져 있었는데, 사람들이 입주해 살고 있었다면 금세 발각되어 쫓겨났을 것이다. 물론 경비의 제지를 받긴 했지만 그는 늘 우리가 엘리베이터 놀이에 지쳐가고 싫증이 날 때쯤 나타났다.

「문래」를 탈고한 2014년 늦봄, 나는 다시 문래로 갔다. 문래는 사실 그리 먼 곳에 있지 않았다. 나는 한강의 서남쪽에서 쭉 살아왔기 때문에 대중교통을 타고 오갈 때 문래나 문래 주변을 수도 없이 스쳐가곤 했다. 그토록 가까운 곳에 늘 문래가 있었지만, 문래를 목적지로 한 산책은 그때가 처음이었다. 1984년에 그곳을 떠나왔으니 삼십 년 만의 귀향인 셈이었다.

휴대폰의 구글 지도를 켜놓고 문래동6가를 가장 먼저 찾았다. 행정 구역상의 문래동6가는 아파트와 아파트 사이의 상가거리가 되어 있었고 마트와 세탁소와 교회 등이 그 거리를 채우고 있었다. 태어나 아홉 살의 초여름까지 가족과 함께 살았던 방 두 칸짜리 무허가 판잣집도 당연히 사라지고 없었다.

상가거리를 빠져나온 뒤엔 신동아아파트를 찾아갔다. 신동아아파트 앞에 도착한 순간, 나는 시간의 무게를 절실하게 체감할 수밖에 없었다. 주위의 세련된 아파트와 비교할 수 없을 만큼 그 외관은 낡아 있었고, 오래전 부의 상징이었던 크고 반듯한 사각형의 디자인은 단조롭다 못해 투박하게까지 보였다. 아파트 안으로 들어가자 격세감은 더 커졌다. 로비와 계단엔 쓰레기가 널려 있었고 엘리베이터 안에선 퀴퀴한 냄새가 났다. 복도식 아파트여서 층마다 현관문 밖으로 내놓은 살림이 보였는데 녹슨 자전거, 깨진 장독, 살이 부러진 빨래건조대처럼 하나같이 그 남루한 형편을 짐작하게 했다. 그새 날이 어두워졌다. 복도와 계단참에 하나씩 조명이 들어왔다. 내 기억 속의 황금빛 조명은 어디에도 없었다. 대개 생명력이 다해가는 희미한 형광등이었고 개중엔 빛이 아예 들어오지 않은 형광등도 많았다.

신동아아파트를 빠져나와 가까운 버스 정류장까지 천천히 걸었다.

문래에 젊은 예술가들을 위한 창작촌이 생기면서 독립 서점과 소규모 전시장과 맛집과 카페 등이 하나둘 생겨나고 있다는 기사를 읽은 적이 있었다. 실제로 골목과 골목 사이에 문을 열어보고 싶은 상점들이 자주 보였다. 그런데도 나는 문래가 문래다운 풍경을 아직도 간직하고 있다는 생각이 들었다. 군데군데 남아 있는 철공소 때문이었을까. 아니면 서울의 다른 지역보다 느리게 진행된 개발의 속도 탓일까. 알 수 없었다. 문래동6가의 골목은 사라졌고 휘황했던 신동아아파트는 그새 녹슨 고물로 변해 있었지만, 나는 문래가 친근했고 문래에 연루되어 있는 한 감춰

질 수 없는 지난날의 가난은 더 이상 날 아프게 하지 않았다. 부끄럽지 않은 문래, 오히려 내 문장의 시원이 되는 문래, 누군가에게는 소설 「문래」로 기억될지 모를 문래…….

「문래」를 세상에 발표하게 되어서 다행이라고, 나는 진심으로 그렇게 생각했다.

생각했다.

생각하고 또 생각했지만, 부끄럽지도 않고 아프지도 않다고 확신할 수 있었지만, 2014년 봄 이후에도 내가 먼저 사람들에게 문래 이야기를 꺼낸 적은 거의 없었다.

이 글을 쓰면서, 이제야 나는 내게 문래에 대해 하고 싶은 말이 더 남았다는 걸 깨닫는다.

나의 또 다른 문래는 지금, 미래에서 오고 있는지도 모르겠다.

문래동 마찌꼬바, 이후

황규관

전기도 기계도 부족한 때가 있었다
그 대신 불거져 나온 힘줄과 헐렁한 눈빛과 단출한
생활이 있을 때였다 멀리 있는 사람을 향한
그리움이 무성한 때가 있었다
돈도 일 할 사람도 모자라 혼자 공장 문을 열고
쇠를 자르고, 붙이고, 깎고, 조인 다음
온 근육을 모아 낡은 짐차에 실어 보내던 때가 있었다
가난이 어쩔 수 없이 공유되던 시절, 버려진 것들을
얼기설기 엮어 다른 공간을 만들기도 했다
석양이 공장 문을 찾아오면 고단한 밤일을
맞아야 하던 날도 있었다
현재는 언제나 유토피아를 배반한다지만, 우리는
그 서러운 시대를 너무 쉽게 버리고 떠났다
바깥으로 떠났으나 더 어두운 안이었고
희망을 향해 떠났으나 시간은
한 걸음씩 증발해버렸다
문래동 마찌꼬바,

후로 가난이 노래가 될 수 있는 길은 끊겼고 들판 대신
빼곡한 빌딩과 아파트숲만 자랐다
부동산 입간판만 풍성해졌다
우리에게는 이제 작은 고통을 질 힘도 사라졌다
너무 부유하나 너무 궁핍하고
너무 거대하나
벌레보다 작아졌다

괭이 없는 겨울
— 괭이 9

방민호

나만 아는 내 방은

아직도 나만 아는 방인 것을

내 괭이는 지금 여기 살지 않고

내 괭이와 함께 어두운 겨울을 나던

옛날의 나도 지금 여기 살지 않고

둘이 나누던 괴로운 한숨만

그 겨울 고드름처럼 추억의 처마 끝에 매달려 있다

내 괭이가 떠나간 뒤

나도 내 괭이를 따라가지 못했는데

나는 마치 자기를 속일 수 있는 사람처럼

나는 아무것도 변한 게 없다고

내 괭이만 사랑하고 있노라고

나 자신을 납득시키려 했다

사실, 나는 분명히 알았다

내 괭이는 오래전에 내 곁을 떠났고

나도 나만 아는 내 방을 떠났다

그러면서도 나는

환각으로라도 내 괭이를 가슴속에 새겨놓지 않으면

한순간도 숨을 쉴 수 없을 것 같았다

나는 차마 믿고 싶지 않았던 것이다

나 혼자

내 괭이 없이

이 세상에 남아있다는 것

내 괭이 없이

한 번 더 겨울을 나고 있다는 것

내 괭이 없이

내가 살아갈 수 있다는 것

문래동

정정화

문을 열고 긴 의자를 내놓으면 어떨까

누군가 올 것 같은 날들

골목은 철공소 망치질 소리와 빵 냄새가 함께 부풀어 오르는데

가죽나무를 올려다보는 사람은 아무도 없다

노란 우산을 매달아 놓은 골목 사이로

지나가는 사람과 지나오는 사람

서로 조금씩 어깨를 비켜준다

족제비가 지나갔다고

아주 짧은 순간이었다고

믿을 수 없는 일이지만

뭔가 분명 지나갈 것이다

주물 틀을 만들고 철제 다락 계단이 세상 끝으로 이어지는 곳

끝이라 생각한 곳에서 다시 시작되리라는 생각은

그러나 골목의 문법이 아니다

그렇다고 흔적뿐인 것만은 아니다

저녁이 내리고 공장 셔터도 하나둘 내려지면

어둠을 돌려야 하는 기계들이 바빠지기 시작한다

골목은 별과 꽃들이 차지할 차례

생각만으로는 그렇지만

아직 지나가지 않은 것들만 지나간다

달빛이 내리는 마을

김혜영

문래동 골목 한 모퉁이에 문을 연
〈청색종이〉 책방으로 낙타가 걸어온다

오래된 일본식 지붕 아래 에스프레소 커피향이 번진다 조그만
유리창에 흐르는 푸른 달빛, 단정하게 서 있는 책장 너머 벽에
사막의 풍경이 걸려 있다

사슴처럼 눈이 커다란 김태형 시인이 마두금을 켠다 사막의
별들이 내려와 가만히 귀를 기울이고, 은하수를 건너가는 목동
처럼 시인은 목마른 낙타에게 물병을 건넨다

이리 와, 별들이 소곤거리는 소리 들리지

또각, 또각

활자들이 빛바랜 책장 사이에서 걸어 나온다
하나, 둘, 살아있는 유령처럼

언어에 갇히기 이전의 모습으로

공기 중으로 번지는 마두금 소리는 낙타의 귀를 스친다 사막의
신기루, 우린 먼 곳에서 방랑했지 바람처럼 초원으로 떠나고 싶었
지 낙타의 뿔을 빌려 간 소녀는 사막으로 끝내 돌아오지 않았어

낙타는 사막의 모래 언덕으로 숨어들었지 아득한 지평선으로
멀어져 가는 그리움이 노을에 번지고 달빛이 비치는 저녁마다
낙타는 커다란 눈을 껌벅이며 기다렸지

〈청색종이〉의 책꽂이 틈새로 낙타가시 꽃이 피어났지
    혓바닥에 상처가 나도록
    낙타는 소녀의 이름을 불렀지

〈청색종이〉 유리창을 몰래 들여다보는 별들은
    마두금 소리에 잠이 들고
    사막의 살결을 어루만지는 달빛, 달빛

대장간

이재훈

계절의 준비도 없이 골목을 찾았다.
그곳은 시간이 잠시 멈춘 곳.
배경도 없고, 소문도 없이
들뜬 마음이 쉬어갈 수 있는 곳.
골목엔 늘 지나간 사람들의 발자취가 흩날렸다.
커피와 빵과 술의 향기가 좁은 거리에 퍼지고
사람들은 저마다 짐꾼의 일을 내려놓는다.
나무로 만든 지붕과 기둥 사이에서
오래된 글자들이 떠다니며 세월의 냇내를 풍긴다.
공방과 책방은 아침을 기다리지 않는다.
낮과 밤의 시간이 따로 필요 없는 곳.
어느 시간이든지 뜨겁게 도근도근하는 은신처.
텅 텅 시간을 달구어 녹여내면
글이 찾아와 마음을 두드리는 그 골목길.

밤의 거리에서 혼자

김이듬

　밤을 향해 가고 있었다 길고 좁고 어두운 길에 사람이 엉켜있었다 포옹인지 클린치인지 알 수 없었다 둘러갈 길이 없었다 나는 이어폰 빼고 발소리를 죽였다 팔꿈치를 벽에 대고 한 사람이 울기 시작했다 야 너무하잖아 지나는 사람 붙잡고 물어보자 누구 말이 맞는지 가려보자고 다른 사람이 소리쳤다 멈칫 둘러보니 행인이라곤 나밖에 없었다 난 긴장하며 고개 숙여 기다렸다 이 순간 내가 저들의 생에 중대한 판단을 내려야 하나보다 원 투 시간의 글러브가 심장을 쳤다 가로등 밑에서 편지를 읽던 밤이 떠올랐다 달은 바다와 멀리 떨어져 있지만 그렇게 씌어있던 우린 이어지지 않았다 그 젊은 연인들은 나한테 접근하다가 둘의 그림자만 거죽처럼 흘리고 갔다 얘들아 나도 불가피하게 사람인데 너무한 거 아니니 그들이 사라져간 골목 끝에서 나는 신보다 고독했다

물레는 원래 문래

오은

　문래동에서 배우 동생이 놀러 왔다 10년 만에 만나는 자리였다 대학 시절 단편영화를 찍을 때 주연을 맡았던 친구였다 연기를 그만둔 지는 5년이 넘었다고 했다 할리우드로 건너가서 접시를 닦으며 영어 공부를 했다고 했다 돌아와서 다시 연기를 하려고 했는데 연기보다 영어가 더 좋아져버렸다고 했다 지금은 종로에서 직장인들에게 영어를 가르친다고 했다 회화만 좋았는데 별수 없이 문법을 공부하게 됐다고 했다 좋아하는 것만 할 순 없더라고요 동생에게 어디 사는지 물어보니 문래동에 산다고 했다 홍대에 살다가 합정동으로 이사했다가 결국 망원동으로 옮겼다고 했다 수세에 몰린 셈이죠 죽어도 마포구는 떠나기 싫더라고요 형, 젠트리피케이션이라고 들어봤죠? 그걸 피부로 느꼈다니까요, 글쎄! 동생은 메소드 연기를 하는 것 같았다 팔뚝을 걷으면 피부에 닭살이 돋아 있을 것 같았다 세 번의 이사가 2년도 채 안 되어 이루어졌는데, 월세가 너무 올라 문래동을 찾았다고 했다 근데요, 거기도 올해부터 젠트리피케이션 대상이 되었어요 낌새가 심상치 않아요 내가 배우여서 그런지, 아니 한때 배우여서 그런지 가는 데마다 사람이 몰리네요 동생은 소리 내어 웃었지만 표정은 우는 것 같았다 순식간에 연기의 고수가 된 것 같았다 근데 영화 찍던 때 기억나요, 감독님? 형에서 감독님이 된 나는 어리둥절했다 기억나지, 우리 엄청 고생했잖아 저는 그때 캐릭터에 몰입이 안 되더라고요 왜 주인공이 자살하려고 하는지 이해가 안 됐어요 앞날이 창창한 젊은이가 그까짓 시험 하나 떨어졌다고 왜 옥상에 올라가요 두드리면 문은 결국 열리게 마련인데요 저는 할리우드에서 접시 닦으면서 영어 공부를 했어요 근데 너는 문래동이 왜 문래동인지 아니? 문래요? 혹시 글[文]이 오는[來] 곳이라 그런 건가요? 문익점이 목화씨를 가지고 와서 [來] 문래동이래 물레의 원래 이름도 문래라고 해 물레를 만든 사람 이름이 문래文來였대 형은 참 쓸데없는 걸 많이 알아요 감독님일 때부터 그랬어요 하긴 회화만 잘하면 안 되니까, 문법도 알아야 하니까요 동생은 이제 자문자답 연기를 하기 시작했다 문래동 골목길이 예쁘긴 참 예쁘지 나는 연기 도중에 불쑥 끼어들었다 일종의 애드리브였다 맞아요, 외국인들이 찾아와서 뉴욕 초창기의 소호 거리 같다고 했대요 근데 소호가 왜 소호인 줄 아니? 형, 저는 모를래요 모르고 싶어요! 우리는 서로를 바라보며

껄껄 웃었다 NG가 났지만 카메라는 계속 돌아가고 있었다 동생
은 이제 문래동으로 돌아가야겠다고 했다 내일 수업에서 가르칠
문법 공부를 해야겠다고 했다 좋아하는 것만 할 순 없었던 동생
의 안색이 금세 어두워졌다 큰맘 먹고 할리우드에 갔지만 그는
지금 문래동에서 산다 다음번에는 문래동에서 만나자 지금의 문
래동이 영영 사라지기 전에 만나자 동생과 나는 10년 만에 악수
를 했다 근데요 형, 그때 그 영화의 주제가 뭐였죠? 잘 생각나지
가 않아요 내가 단편영화를 찍던 시절처럼, 동생이 배우를 하던
시절처럼, 문익점이 목화씨를 가져온 시절처럼, 문래文籟라는 사
람이 물레를 만들던 시절처럼 까마득했다 글쎄, 삶은 질기다는
거? 문래동을 더 잘 봐둬야겠어요 나중에 잘 생각나지 않으면 안
되니까 질기도록, 아니 질리도록! 동생은 문래동 주민이자 한때
연기를 했던 학원 강사 캐릭터에 몰입한 채로 돌아갔다 가만히
귀를 기울이니 이렇게 중얼거리고 있었다 물레는 원래 문래, 물
레는 원래 문래, 물레는 원래 문래……

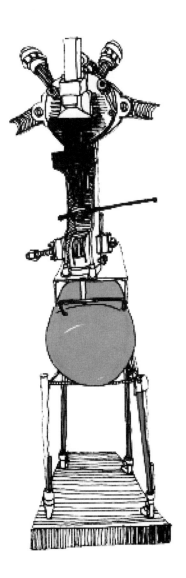

에로티시즘 @ 문래동

김선주

물레란 말에는 뜨듯함이 흐르는 듯한 어감이 있다.

지하철 2호선 문래역 7번 출구로 나오다 보면 철물로 된 물레가 눈길을 끈다. 일제강점기 때 큰 방직공장들이 자리 잡고 있던 곳이기에, '물레'에서 '문래'란 이름이 비롯되었다고 하는데, 문익점의 목화솜이 들어온 곳이라는 뜻에서 '문래文來'가 되었다는 설도 있다.

비단실을 지어내는 누에를 재배하기 위해 지금의 문래동3가 지역에 뽕나무 식재농장이 있었다 전해지고 4가 지역에는 방직공장 종사원을 위해 마련된 주택이 오백 채 가량 있었다고 하니, 공업용수 풍부하고 인력의 공급이 원활한 이곳에서 물레는 어쩌면 오늘도 쉼 없이 돌며 실을 잣고 있는 게 아닐까, 하는 생각이 든다.

문래동의 지금 풍경. 1960년대부터 철강공장들이 하나둘 자리 잡기 시작해서 한때 880개소까지 수를 헤아릴 수 있었다고 하나 현재는 140개소 정도가 남아 있다고 한다. 철물공장 골목에는 마치 작은 둥지 같은, 철강공장에 다니는 가장을 기다리던 소박한 가족이 생활하던 보금자리의 흔적이 남아 있다. 철강노동자들의 새참시간에 맞춰 오토바이를 타고 달려와 커피를 돌리던 은정씨와 수진씨. 노른자를 동동 띄운 쌍화차와 아이스커피가 있는 옛날식 '다방'도 여전히 성업 중이다.

@청색종이

문익점의 목화솜이 들어온 곳이라는 뜻에서 '문래文來'가 되었다고 하지만 내가 처음 문래동을 찾게 된 이유는 문자 그대로 '글이 오는 곳'이었기 때문이다.

어느 날 SNS를 둘러보다가 김태형 시인이 지난해 초봄 문을 연 〈청색종이〉 책방에서 '인문독회'를 시작했다는 소식을 접하게 되었다. 예전 경력에 방송기자와 기업 및 공공기관의 홍보업무 담당자라고 쓰고 있는 나는 이제까지 익숙해져 있던 '이성적 글쓰기'에서 벗어나 감성을 일깨우는 '문학적' 글쓰기에 입문하고자 하던 차였기에 그 소식이 무척 반가웠다.

그런데 인문독회의 주제는 "에로스와 문학"이라는 것이다. 문학에 대한 배경이 일천한 지라 덜컥 '에로스'라는 주제가 다소 부담스럽게도 느껴졌으나 문학의 낭만적인 특성을 십분 이해하면서, '물레' 하면 얼핏 연상되는 〈물레야, 물레야〉라는 영화 제목이라든지, '물레방아'라는 소재에서 풍기는 어떤 에로틱한 뉘앙스를 떠올렸다. 어쩌면 문래동 골목에 은둔하고 있는 작은 책방과 썩 어울리는 주제일지도 모른다는 엉뚱한 상상을 하며 첫 모임에 참석했다.

이성혁 문학평론가가 이끄는 그곳에는 시인과 평론가와 설치

미술가와 습작생, 연구원이며 스테디셀러의 저자, 나아가 성상 담전문가까지 다양한 분들이 모여 있었다. 모임은 알랭 바디우의 『사랑예찬』 같은 책을 서로 돌아가며 발제하여 열띤 토론과 솔직한 대화를 나누는 형식으로 진행되었다.

독서모임이 시작되기 전 조금 일찍 도착하면 책방에 비치된 시집들을 살펴 볼 수 있었다. 페이지 한 장 한 장마다 시인의 손길이 묻어나는 시집과 책들이었다.

한 번은 독서모임 외의 다른 시간에 '블루 스크린'이란 영화보기 행사가 열렸다. 여러 분들이 모여 저마다의 취향으로 자유롭게 시집을 둘러보고 있었는데 시집을 고르던 어떤 분이 "어, 이건?" 하면서 펼쳐 보이는 시집이 있었다. 하얀 백지 위에 "첫 키스의 기억을 떠올리며. 석촌호수에서." 라는 문구가 쓰여 있었고 날짜는 자그마치 20년 전으로 거슬러 올라가 있었다. 시집의 원 소유자는 분명 청색종이의 대표 김태형 시인 본인일 터였다.

마침 그 곳에는 김태형 시인의 아내 정정화 작가도 함께 있었다. 짓궂은 추측과 억측에 대한 싱거운 결말이긴 했으나 청색종이의 주인장 내외는 그 문구의 유래와 추억을 떠올리며 그들의 것으로 확인해주었다. 팔릴 뻔 했던 그 시집은 비매품으로 전환되어 부부의 추억 속으로 돌아갔다. 작고 비밀스러운 책방이 품고 있던 이야기. 물레방아처럼 은밀한 곳에 보이지 않는 사연들이 숨어 있는 곳. 문래동, 예술창작촌 골목이 바로 그런 곳이다. 이보다 더 뜨겁고 로맨틱하고 에로틱한, 책읽기 모임을 위한 장소를 어디에서 또 찾을 수 있을까.

글 쓰는 작가로서 필요한 프로필 사진 촬영을 궁리하던 나는 지난해 여름 평소 친분이 있는 이다영 작가에게 나의 이러한 사정을 알릴 계기가 있었다. 나 또한 가끔 사진 촬영 작업을 겸하고 있지만 인물사진이란 알면 알수록 더욱 오묘하고 어려운 것이라는 것을, 사진을 좀 찍어 본 사람이라면 공감하는 바일 것이다. 프로필 사진이라는 것은 촬영기술을 떠나 대상과 촬영자간에 편안함과 신뢰가 필수인 작업이고, 그러한 관계가 장기적이든 즉각적이든 이루어져야만 가장 자연스럽고 피사체 본인의 고유한 이미지에 가까운 결과물이 나오게 된다. 다른 작가의 사진전 오프닝에서 우연히 다시 만난 이다영 작가는 고맙게도, 무료로 내 프로필 사진을 촬영해주겠노라고 선뜻 호의를 베풀어주었다.

해외 뮤지션들의 공연사진 전문촬영으로 이름이 알려져 있는 이다영 작가. 그녀는 바쁜 일정에도 불구하고 홍대 부근의 한 스튜디오를 예약해 촬영 일정을 잡았다. 더운 날이어서 나는 민소매 원피스를 입고 갔고 나중에 돌이켜보니 그것은 좋은 선택이 아니었던 것 같다. 셔츠에 정장을 입고 갈 걸 그랬나. 이지적이고 차라리 딱딱한 인상을 주는 깐깐한 작가의 모습이 나오길 바랐으나 나의 의사가 미처 전달되지 못한 아쉬움이 있다. 이 작가는 아마도 최대한 나의 여성스러운 모습을 부각해주려 했던 듯하다. 조금이라도 더 부드럽고 아름다운 모습을 담으려 애쓰는 이다영 작가의 마음에 감복해서 나는 원래 추구했던 촬영 콘셉

트도 잊은 채 이 작가가 제안하는 포즈에 성실히 응했다. 내가 이 작가의 호의를 되돌려줄 수 있는 길은 해외홍보자료 번역이라든가 글을 써준다든가 하는 것일 텐데. 고민이 시작되었다.

두 시간 여의 촬영이 끝난 후 우리는 커피를 마시며 서로의 근황을 따라잡으며 현재 작업 중인 프로젝트에 대해 이야기하게 되었고 나는 이 작가가 여성의 에로티시즘을 주제로 한 사진전을 준비 중이라는 것을 알게 되었다. 그리고 그 작업에는 여성의 누드를 소재로 한다는 사실을.

즉흥적으로 나는 이 작가에게 모델이 되어 주겠다고 제안을 했고 이에 이 작가는 무척 반가워하며 수락하였다. 우리는 다시 스튜디오로 돌아가 조명을 세팅했고 나는 탈의를 한 후 촬영에 응하게 되었다. 일반적으로 여겨지는, 여성의 벗은 모습을 상품화하려는 의도에 도전하는, 여성 본연의 아름다움과 정체성에 대한 의의를 제기하는 작업이어서 더욱 의미가 있는 일이었다.

이 작가에 대한 신뢰, 고마움, 그리고 그녀의 작업에 대한 믿음이 없었다면 아무리 더운 여름이었다 해도 모델 경험 한 번 없는 내가 카메라 앞에서 옷을 벗고 몸의 기록을 남길 생각이나 할 수 있었을까. 이다영 작가는 촬영한 사진을 보정해서 멋진 작품으로 만들었고 나는 그 날의 결정이 잘한 것이었음을 확신했다.

그 사진은 다른 여러 점의 사진들과 함께 문래예술창작촌에 위치한 〈74 갤러리〉에서 그해 겨울 전시되었다. 여성의 몸을 소재로, 피사체들과 교감하고 소통하며 담은 여성작가의 누드사진전은 아마도 문래동의 그 겨울을 더없이 훈훈하게 만들었을 것으로 생각한다.

　문래예술창작촌의 골목에는 따뜻하고 뜨거운 기운이, 쉼 없이 돌아가는 물레의 에로티시즘 속에 씨실과 날실이 되어 직조되고 있다.

철꽃 피는 동네, 문래동

구선아

쉴 새 없이 돌아가는 컨베이어 벨트 위 찰리가 있다.

찰리는 온종일 나사를 돌린다. 나사를 돌리고, 돌리고, 또 돌린다. 반복되는 노동 때문인지 일상에서도 찰리는 강박 증상을 보인다. 찰리에겐 다른 사물들도 종종 나사가 되어 혼란스럽다. 나사를 반복하여 돌리는 찰리는 상품을 생산하는 데 필요한 기계 부품이다. 인간이 기계의 육체가 되고, 기계가 인간의 육체가 되던 때다. 누가 인간인지 누가 기계인지 헷갈리던 그때를 거쳐 우린 지금 기술도 예술이 되는 시대를 살게 되었다.

칠 년 전 여름, 나는 처음 문래동 골목을 만났다. 골목은 좁다 못해 어깨가 닿아 닳을 것만 같았다. 구부러진 좁은 골목을 꽉꽉 채운 낮은 집과 공장은 땀 냄새와 철 냄새를 풍겨댔다. 캉캉거리는 소리와 불꽃을 만드는 굉음, 동전을 손에 꼭 쥐고 나면 나던 쇠 비린내가 났다. 그리고 어디서부터 나를 쫓았는지 모를 철꽃 가루가 계속 나를 뒤쫓았다. 골목에서 흩어지던 땀 냄새와 철꽃 가루는 잊고 있던 노동의 역사를 고스란히 불러냈다. 골목 안의 찰리는 여전히 노동의 역사를 쓰고 있었다.

문래동은 일제강점기 방직공장들이 들어서면서 그 일대가 개발되기 시작했다. 1980년대 경제성장을 발판으로 군소공장들이 대거 입주하여 대한민국의 빠른 산업화를 이끈 동네였지만, 2000년대 이후에는 제조 산업이 지식 산업으로 넘어가며 문 닫는 군소공장이 많아지고, 인근 동네의 젠트리피케이션으로 예술가들이 상대적으로 임대료가 저렴한 문래동으로 한두 명씩 이주해 왔다. 그렇게 적산가옥과 철공소 사이사이, 작은 작업실과 갤러리, 공연장이 생겨났다. 공장이 밀집한 문래동은 자본주의 초기 생산방식을 배제하고, 창조적 노동이 의미를 갖는 동네로 변화하기 시작한 것이다.

그렇게 예술 중심의 동네로 꿈틀대기 시작한 지 몇 년이 지났다. 그리고 요즘 문래동이 부쩍 들썩인다. 일명 '힙'한 동네가 되었다. 미디어 이곳저곳에 소개되고, 몇 달이 멀다고 문래동 골목 구석구석에 카페와 음식점이 새로 문을 연다. 주말마다 사람들의 발길은 점점 늘어나며, 벌써 젠트리피케이션 이야기도 나오고, 안티 젠트리피케이션 이야기도 나온다.

유동인구가 특별히 많지도, 소비를 조장하는 대형 자본이 들어선 장소도 아닌 문래동이 어떻게 '힙'한 동네가 되었을까. 그림을 그리고, 사진을 찍고, 글을 쓰고, 나무를 깎으며, 문래동을 새로이 생산하고 있다. 물질적, 비물질적 산업유산 흔적이 동네 정체성의 근간을 마련한 가운데, 예술가들이 모여 동시대의 사회적 기억을 재생산해 냈다. 땀 흘려 몸으로 일해야 하는 철강소 노동자와 창조적 노동을 하는 예술가가 함께하는 동네가 탄생한 것이다. 노동의 역사와 예술이 혼재한 장소의 이미지가 사람들의 발길을 끄는 상품 자체가 된 것이다. 육체노동을 통해 얻었던 자본은 이제 예술가가 모인 동네, 예술이 생산되는 동네, 예술과 기술이 함께하는 동네라는 장소의 이미지가 '힙'한 상품이 되었다.

장소의 이미지는 한순간에 생산되지 않는다. 찰리가 나사를 쉼 없이 조인 때처럼 기계가 되어 나사만 열심히 조인다고 하루 이틀 안에 장소가 탄생하지 않는다. 장소의 이미지는 오랜 시간 축적되어 나타난다. 문래동 역시 근 백 년간 쌓인 근대화, 산업화를 거쳐 인지자본 시대를 맞이하여 철꽃도 예술이 되는 지금의 문래동이 되었다. 어쩌면 문래동은 이미 예술가와 노동자의 경계가 없어진 동네인지도 모른다. 육체노동을 통해 물질적 가치를 중시하던 포디즘과 소비의 파편화, 소비의 대중화로 장소까지 소비하는 포스트 포디즘이 혼재한 동네를 넘어, 지금의 문래동은 포스트 포디즘 그 자체일지도 모르겠다. 노동자도 예술가가 되고, 예술가도 노동자가 되는 장소다.

노동의 물리적 흔적이 남은 땅 위, 노동자의 자본주의 활동이 집합적 기억으로 축적되고, 예술가가 그 기억을 다시금 기록하고 발견하는 장소 문래동이 이제야 철꽃을 환히 핀 것이다.

나는 오늘 문래동 골목을 걸으며 고유의 장소성을 견고하게 지켜내길 바랐다. 당장 물리적인 편의 혹은 한 줌의 물질을 쫓는다면 철꽃은 이내 사그라질 것이다. 이내 지루한 동네가 될 것이다. 장소의 이미지로 소비되는 동네는 그 장소성이 희미해지면 더 이상 소비되지 않음을 잊지 말아야 한다. 오랜 시간의 흔적과 이야기, 기억의 틈새를 잘 엮어 장소의 역사를 지켜가는 동네가 되어야 한다.

오늘도 문래동은 골목골목에서 철꽃을 피워낸다.

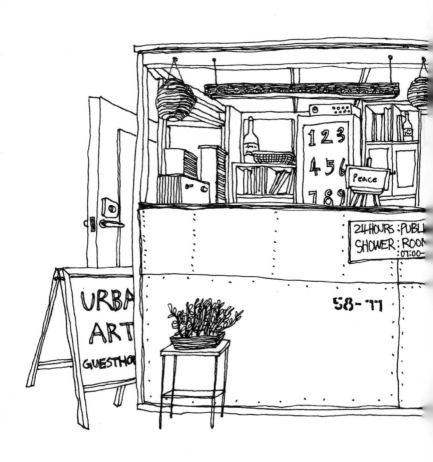

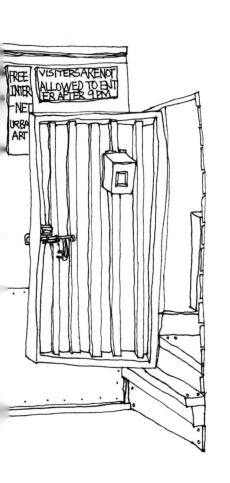

문래골목

천수호

내 실핏줄을 봤어요
피가 골목 끝에 와서 멈추는 것을요

길 끝에 와야 문득 표정이 읽히는 모과나무 수피를 긁어봐요
피가 나요 내 손톱 밑은 멀쩡하고 모과는 온몸에 피를 찔끔찔
끔 묻혀요
이 피가 마르기 전에 우리 집에 당도하셔야지요

호강시킨 가계를 가진 적 없어서 더 멀리 버짐이 퍼지는 담장들
그렇게 아프면 어쩌니 내 가슴이 터질 거 같잖아
찢긴 가슴으로 모과꽃이 떨어지는데
어디서 끌어 모았는지 모과나무 얼룩무늬가
집으로 통하는 길을 메우며 번져가요

저 벽은 무엇을 가두고 있길래
버스며 승용차며 오토바이의 조각들을 종일 뱉어내는 걸까요
골목의 흐름은 음악처럼 슬그머니 어딘가로 빠져나가는데

원형을 회복할 수 없는 옥상 모서리에서부터
벽을 차고 걸어나가는 실금들

언제 잠에서 깨나요
모양새 없이 버티고 있는 먼지 뽀얀 의자들
고양이 한 마리가 점잖게 그 옆을 지나가요
더러 빛이 반짝 숨었다 가기도 하는 저 묵은 털들이
내 몸피에도 덮인 걸 깜빡 잊을 지경이었을 때
화들짝 새로 꽃이 그려지는 골목의 미닫이 창문들

비로소 보게 되지요
손가락보다 얇은 골목길을
커피향이 새로 넓혀 가는 것을요

어찌된 일인지 피가 도는 게 다 보이는 골목이지요

백화등

김선향

오래된 책으로 가득한 책방에선
한 시인이 기다리고

문래동 58번지 골목에선
한 가죽나무가 기다리네

들어갈까 말까
망설임과 중얼거림들

고사목을 타고 뻗어오른
백화등 줄기

흐드러진 꽃
흐드러진 향기는

사람들과 책갈피에 꽂혀
스며들고 번지네

백화등 꽃이 밤새 켜졌다 꺼지는
책방과 골목 사이

부식
― 문래동 벽화 골목을 거닐며

이병일

저리 높게 떠 있는 굴뚝이 녹물을 거느리고 산다
그 녹물의 저물녘이 나무기둥으로 곧추세워진다
그때 나뭇가지마다 잎새 그늘이 피고 새를 부른다

벽화는 춥지만 녹물은 모여서 이끼들처럼 자란다
나무 그늘을 향해 몰려갔다가 되돌아오는 새들이
물고기로 몸을 바꾸는 저물녘을 여정旅情이라고 불러본다

그때 벽 안에 갇혀 있지만 고양이 발자국들도 되살아난다
숨결이 끈적거리는 날개들이 두 쪽의 바람으로 흐른다
날개 안쪽에서 쇠구슬 굴러가는 소리가 튕겨 나온다

밀링머신과 연삭기 돌아가는 공장엔 너트 깎는 소리
몽키스패너에 잡힌 나사 머리들 으그러지는 소리
나는 목도리도마뱀도 아닌데 겹겹으로 눈이 붉거진다

잠 못 드는 벽화들의 그림자도 턱을 괴괴 잠잠할 때

입술 간지러운 소문이 망치의자에 나보다 먼저 앉는다

나는 편애하는 자세로 부식으로 아름다워지는 세계를 읽는다

서울특별시 영등포구 문래동3가 58-84

— 재미공작소

서윤후

우리는 여기가 어딘지도 몰라
알고 있는 몇 개의 주소를 조합해 왔을 뿐
그런데 헤매는 게 더 좋아
사랑의 물방울도 모여서 고이면 웅덩이
푹 빠지기 좋은 함정이지

실내는 또 다른 바깥을 만드는 입구를 만들고
우리는 그곳에 가서 흥얼거림을 배운다
우리의 모국어는 들리지 않아서
리듬과 유머로 만들어진 모빌을 바라보며
흥얼거림을 번역하는
들썩이는 자세를 오래 연구한다

사랑에 높낮이가 있어서 우리는 계단처럼 매일 오르내리고
의자와 의자 사이에 다리를 내놓고
편하게 감상하는 그 무엇
아마도 우리가 알아야 할 주소의 단서

크게 외치지 않아도 좋으니

사랑을 발음하세요

구르는 소리를 그대로 두는 선연함

귀를 기울인다는 게 신기해서

사랑을 실습하는 현장을 떠날 수 없고

우리가 왜 여기에 있는지 알아

문래동 장편掌篇

전영관

그 앞에 서면
해병대 출신 근육질도 깍두기 전력의 용 문신도
두 손으로 공손해진다

너는 이 골목의 흔한 프레스Press 공이었다
엄지만 남고 뭉개진 오른손과 왼손을 두 손으로 모아
노모의 등을 긁어드렸다며 엄지를 치켜세우던
너는 드물었다
애인이 사준 장갑을 자랑하면서 군만두처럼 웃던
너와 나는 비빔국수마냥 붙어다녔다
엄지에 담배를 끼운 채 너는 왼손으로
안전화 끈을 매듭지을 수 있었다 우리는
프레스 유압이 짓누르는 골목을 배회했다
선반 회전에 현기증 만발하는 골목을 비척거렸다
그날 쏟아진 피에서 비린내가 났었다
병상에 엎드려 펑펑 울다가 너는
붕대가 친친 감긴 오른손으로 가슴을 두드렸고

나는 내 손을 감췄고
늑골이 부러지는 것만 같았다
프레스 안에서 구부러지고 구멍이 뚫릴 때
쇠에서도 비린내가 난다

터주로 묵은 목련이 잔업에 지쳤다고
목장갑들을 벗어 던진다
나가떨어진 듯 더는 버티지 못하겠다고
너는 갔는데 기술 없이 남겨진 목련이 진다
쇠를 깎고 눌러서 끼니를 채우는 문래동은
목련 꽃잎도 녹이 슨다 나는 목련 아래 서 있고
너는 어느 단칸방에 누워 술에 취한 채
녹슬고 있는지

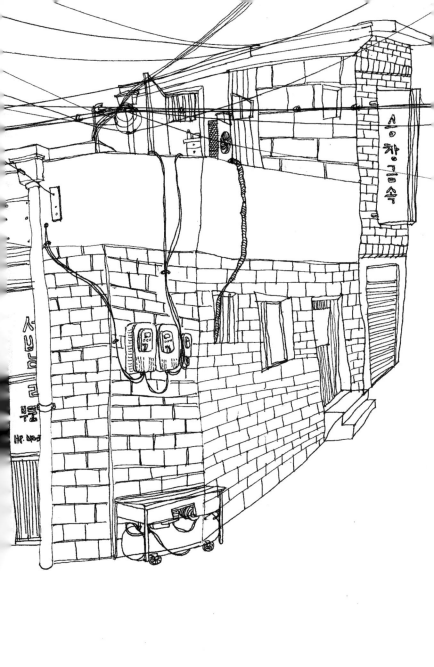

장마
— 문래동4가

최연

뱀 같은 물이었다
그의 독이 물을 점점 붉게 하여
개천에는 외나무다리가 둥둥 떠다니고 있었다
어린아이는 문지방을 넘어서려는 뱀을
바라보기만 하였고
어떤 어른은
천장까지 차오르는 물속에서
화장대를 끌어올리고
또 어떤 이는 소리 없이 밀려오는 뱀처럼
남의 서랍을 엿보기도 하였다

뱀이 빠져나간 어느 날
뱀을 피했던 이는 모두 돌아왔지만
뱀을 닮았던 이들의 이야기는
뱀에게 물린 자국마냥 부풀어 올라
지붕을 받친 기둥의 절반이
젖은 채로 서 있었다

너덜해진 벽지는 맘 붙일 데가 없어져버렸다

사람들은 개천을 시멘트로 덮어버렸다
저 아래 스멀스멀 기어다니는 뱀에게 떨어질까
외나무다리에서 아찔하게 보였던 하얀 빛도
사라져버렸다

남겨진 꼬리

황선재

요염하게 걷는 꼬리 잘린 쥐들 좀 봐봐

멀리서 나를 쳐다보는 눈동자는 잠긴 다락방으로 기어 올라간다
저 걸음은 쾌쾌하기도 해, 조금은 즐겁기도 하고
이야기가 옮아 붙을 때 더욱 갈라지는 나무 바닥에 대해 골똘
해지기

딱딱한 의자에 곰곰이 앉아있으면 천장에서 쇠 냄새가 나
곤두선 털들이 부딪히며 그림자놀이를 하지
안녕, 네 꼬리는 어디에 있니 바깥에 있니
어떤 공식들이 있을까 쥐들은 사는 법을 외우지 않겠지

칫솔에 붙지 못하고 허물어지는 아침을 쓸다가 동네로 나간다

쥐약 치는 아저씨를 바라보기
끈끈이에 붙어 발버둥 치는 네 배꼽을 빤히
그리고 불빛으로 덮여버린 땅을 쿵쿵대는 고양이를 쫓으려면

전깃줄, 낡은 간판, 고개 떨군 가로등 틈으로

찍찍 찍…….

목줄을 채우고 어눌한 나를 어디론가 데려갈 때
펼쳐진 까칠하고 싱싱한 결심들을 비집고 나가야지
먼지가 수북이 쌓인 골목을 기억하는 법을 연습하진 않아
반대편 신호등에서 건너오는 저 쥐들 좀 봐봐

나는 너희와 평범하게 멀어지고 있다
돌아보자 돌아보지 말자 돌아보자, 돌아본다
걷다 멈춰 등 뒤로 득실대는 소리들에게 인사를

나한테 없는 꼬리가 있잖아? 뭉툭하게 남아있는 풍경을 본다

6부

문래, 새로운 가능성으로의 여행
유지연

우리는 문래동을 아직 다 알지 못한다
김순미

문래, 새로운 가능성으로의 여행

유지연

내게 삶은 살만한 가치를 찾아 나아가는 여행이다. 어떤 환경에서 헤어나지 못하고 방황하면서도 스스로 가치 있는 것을 찾고 싶었다. 익숙한 것과 결별하는 순간 가치는 진보한다. 과거의 나와 작별하고 새로운 나를 찾기 시작할 때 여행은 시작되었다.

5년 전. 나이 마흔 즈음 인생의 목적을 상실하고, 일상이 보잘 것없게 느껴지고, 사랑하는 이들과 심각한 갈등 관계에 봉착해 있을 때 이곳을, '문래동'을 발견하였다. 그때의 나는 숨쉬기조차 부자유스럽다 느꼈으며, 먼 곳에 대한 욕망은 미친년처럼 춤을 추었고 더 큰 존재와의 합일을 그리워하는 상처받은 존재였다. 현실에 지치고 주변 사람들에게 상처받으면 익숙한 상황을 벗어나고 싶은 동경심은 더욱 커진다. 무언가를 그리워하고 어딘가로 떠나고 싶었다. 낯선 곳에서 자신의 내면을 들여다보고 삶의 의미를 재정립하는 계기를 만들고 싶었다. 그렇게 문래동에 작업실을 구해서 독단적인 이사를 감행했다. 삶 전체에 지대한 영향을 준 여행이 시작되었다.

문래[Moon來], 달이 올 수 있는 동네. 서울의 서쪽에 위치한 문래동의 석양은 빼어나게 아름답다. 어릴 적 할머니한테 듣던

옛이야기 속의 달처럼 문래동에서 보는 달은 여러 가지 상상력을 불러다 준다. 나는 달을 따라 뛰어다니는 아이가 된다. 문래동 골목을 뛰어다니다 보면 심장의 두근거림과 가슴의 떨림으로 상기된다. 자기를 잃어버렸다고 느꼈을 때 이곳에서 활기를 찾았다. 인간은 누구나 위로의 시공간을 가지고 있다. 유독 자신의 마음을 달래주던 추억의 아지트가 있기 마련이다. 문래동은 분명 처음 온 곳임에도 불구하고 왠지 마음이 편안해지고 친숙하게 느껴지는 장소였다. 아마 이곳이 어린 시절 놀던 공간을 연상시키는 어떤 요소를 지녔기 때문일 것이다.(어릴 적 이상하게도 집 짓는 공사판에서 노는 것을 좋아했다.)

골목을 다니며 일하시는 공장 사장님들과 인사하며 얻어먹는 간식들(고구마, 다방칡즙, 삼겹살과 돼지껍데기 등등), 식당 이모님들이 김치를 담그면 한 입씩 맛을 보기도 하고, 새로운 가게나 작가들이 오면 다 같이 모여 인사하며 웃음 가득한 관계를 맺을 수 있다는 것에 신이 났다. 문래동의 생활은 순식간에 지나가는 일상에서 다양한 찰나의 기회를 포착할 수 있었다. 어설펐지만 자신에 맞게 삶의 속도를 조절할 줄 알게 되었고, 그 순간에 빠져들어 오염되지 않은 시간을 보낼 수 있었다. 뭐든지 체험하고자 하는 무모한 행동가의 모습이 다른 사람들 눈에는 불안하고 위태롭게 보였을지도 모르겠지만, 자신의 페이스를 되찾고 주도적으로 시간을 쓰는 방법을 익힐 수 있는 중요한 기회였다.

문래동에서는 꼬리표를 떼어놓았다. 그저 잘 웃고, 뭐든 맛있게 먹고 사람들과 어울리고 싶어 하는 호기심이 가득한 철없는 사람일 뿐이었다. 그렇기에 평소보다 자유롭게 행동할 수 있었다. 그러나 호기심에 새로운 것을 갈망하는 것이 단지 갇혀있던 익숙한 일상에서 벗어난 후 주어진 자유와 놀이의 즐거움 때문만은 아니었다. 도전을 통해 더 성장하기 위함이었다. 신기하게도 이곳에서 나 자신도 알지 못했던 무엇인가 되고 싶어 하는 새로운 꿈을 발견했다. 다른 사람의 사는 모습에 쉽게 동화되고 그들의 모습을 모방하기도 하고 배우며 다양한 상황에서 여러 가지 역할을 할 수 있게 되었다. 작가가 아닌 기획자, 공공예술과 지역 주민과 함께하는 행사와 갤러리 운영 등 여러 일은 익숙한 일상으로부터 일탈을 넘어서 다양한 시도와 그 결과를 체험할 수 있는 성장의 현장이었다.

물론 모든 상황이 다 좋지만은 않았다. 사람들 사이에서 나의 뜻과 상관없이 크고 작은 문제들이 일어났다. 하지만 예상하지 못했던 상황이 닥쳤다고 해서 이 동네의 생활을 망친 것은 아니다. 돌이켜 보니 오히려 예정에도 없는 '새로운 경험'이 시작된 것이니 환영할 일이었다. 인간관계에서 오는 오해와 함께 커다란 곤란은 생각하는 것만큼 높진 않았다. 나는 내가 생각하는 것보다 포용력 있는 존재였다. 아이이기도 했지만 엄마이기도 했으니까. 불혹不惑을 넘은 나이가 주는 넉넉함으로 이해관계를 떠나 순수한 마음으로 만날 수가 있었다. 굳이 잘 보일 필요도 없고, 무언가를 꾸미거나 감출 필요도 없었다. 보편적 인간으로서의 동질감. 그거면 충분하다.

문래동에서 즐겁고 기쁘게 웃고 때로는 속상해서 엉엉 울며,

솔직하고 감사한 마음으로 새로운 세계를 여행했다. 가능성과 호기심의 영역에서 계획에도 없는 일을 반갑게 맞이했고, 머무르고 싶을 때 머무르고, 떠나고 싶을 때 떠나는 즉흥적인 열망을 만들 수 있었다. 감각이 깨어나고, 자아가 열리고, 생각에 걸림이 없는 시공간. 이보다 더 가치 있고 깊은 여행을 어디서 할 수 있을까. 현재는 문래동에서 머무는 시간보다 다른 곳에서 일하는 시간이 더 많아졌지만 언제나 아는 얼굴은 모두 반갑고 정이 넘쳐나는 마음의 고향 같은 곳이다.

우리는 문래동을 아직 다 알지 못한다

김순미

과외로 한 달에 수백만 원을 벌어들인 적이 있었다. 매달 꽂히는 현금 맛에 목이 쉬도록 열심히 했는데 돈이 늘 모자랐다. 사고 싶은 옷과 물건들을 넘치도록 샀지만 갖고 싶은 것들의 목록도 끝이 없었다. 잠시도 쉴 틈이 없었는데도 지긋지긋하게 심심했고 자존감은 바닥이었다. 과외 수입이 줄기 시작할 무렵 계속 이렇게 살아도 될까 하는 불안이 엄습했다. 사는 방식과 가치관을 바꾸지 않고는 답이 없겠다는 생각이 들었다. 마침 서울로 발령 난 남편을 따라 모든 걸 접고 상경했다.

말이 쉬워 상경이지 오십 다 되어 삶의 근거지를 생판 모르는 곳으로 옮긴다는 것은 쉽지 않았다. 서울이란 곳은 집값부터 사람을 질리게 했다. 익숙했던 지방생활을 청산하고 서울의 서민으로 등록하려니 거의 다시 태어나는 심정이었다.

그때까지 나는 소비의 노예였다. 대학 시절의 지독했던 가난을 복수하듯 옷과 가방, 구두 등을 사면서 스트레스를 풀었고 집은 가구들로 꽉 채웠다. 골프를 치면서 돈과 에너지를 탕진했고 그것이 성공적인 삶의 패턴이라 생각했다. 이 욕망의 소금물이 지겹게 느껴지기 시작했다. 서울로 올라오면서 나는 삶의 패러

106

다임 자체를 바꾸고 나답게 사는 길을 찾겠다고 다짐했다. 2년 가까이 한 수레는 될 법한 책을 읽었고 그즈음에 목공도 시작했던 것 같다. 목공의 세계는 내게 복음과도 같았다.

내 손을 움직여 눈에 보이는 무언가를 뚝딱 만들어내는 일은 몹시 큰 성취감을 주었다. 나무를 만지고 있는 순간만큼은 내 삶을 내가 직접 통제하고 있다는 느낌이 들었다. 열쇠공방(목공 쉐어 작업실)을 찾아 문래동으로 스며든지 어언 4년째다. 목공 작업실에 들어온 지 6개월 만에, 내 작업이랄 게 따로 있지도 않은 초반에, 나는 덜컥 작업실부터 차렸다. 사람이 공간을 만들지만 공간이 사람을 만들기도 하는 법! 장소가 생기고 나니 매일 출근 도장을 찍었고 그렇게 매일매일 뭐라도 만드는 시간이 쌓여갔다. 이제는 '얼굴문패'라는 나만의 어엿한 작업이 생기고 든든한 이웃들이 서로의 곁을 지킨다.

문래동이기에 가능했다. 새소리, 바람소리 대신에 불꽃이 튀고 쇳가루가 날리는 칙칙한 동네지만 서울 한복판에서 전원생활을 누리고 있다고 나는 기꺼이 착각한다. 주물공장의 독한 냄새도 꽃향기인 양 여긴다. 동네 아무 집에서나 삼겹살을 구우면 일 없이 지나가다가도 바로 젓가락만 얹으면 되는 곳. 찾아보면 어디서라도 행사(라고 쓰고 술판이라 읽는다) 하나쯤은 늘 돌아가고 있는 곳. 길거리에 차이는 것이 작가 아니면 예술인 곳. 이 동네에서는 자기가 하고 싶은 일을 하면서 살아가는 것이 너무나 당연하다. 돈을 잘 벌지 못하는 게 이상하지도 부끄럽지도 않다. 미친 스펙의 세상과 부러움 같은 건 들어설 자리가 없다.

윙윙거리며 돌아가는 공장의 기계 소리가 배경음악이 되어 세상을 직시하되 세상의 속도에 휩쓸리지 말라고 응원해준다. 민얼굴을 드러내고 오래 쉬어도 된다.

여기서라면 원하는 대로 인생을 설계하고, 스스로 옳다고 생각하는 방식으로 살아갈 수 있다는 안도감이 허파꽈리를 가득 메운다. 일상의 소소함이 살아있고 사람이 살아 숨 쉬는 곳, 문래동이다.

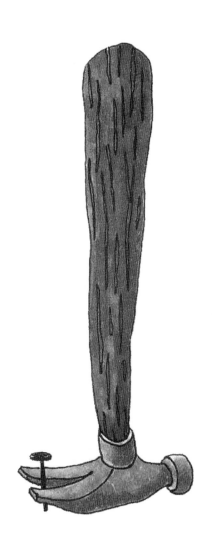

7부

블루 레몬 프린트

이안아

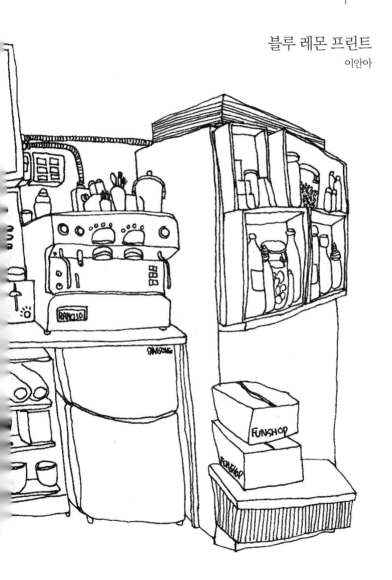

블루 레몬 프린트

이인아

블루 프린트, 1987

"어떻게 방을 앉히면 좋겠니?" 엄마가 물었지만 열두 살이었던 나는 "이게 땅이야?" 되물었다. 파란 줄만 잔뜩 그어진 종이 위에 뭘 어떻게 그리면 방에 빛이 드는지 알 리가 없었다. 쉰하나의 엄마가 절박하게 내민 방안지에 민망한 웃음만 얹어서 돌려주었다. 나는 열한 살, 설계도 모를, 아무 생각 없는 어린이였다.

그때 엄마는 찌그러진 땅을 산 아빠를 원망하며 밤늦도록 방안지에 매달려 있었다. 방안지 위에 뚜렷한 다각형을 그려놓고 엄마는 고민하고 있었다. 60평짜리 대지를 두 개로 나누어 그 위에 건물을 올리는 것이 아버지의 구상이었다. 하나도 지어 올리기 어려운 땅 위에 두 채의 건물을 올리는 것이 어머니가 해결해야 할 과제였다. 그 작은 다각형 안에 담도 세우고 길도 내야 했다. 어떻게 하면 안쪽에 세워질 집에 빛이 들고 바람이 통하게 할 것인가. 그 집을 팔아서 방구석에서 쑥쑥 자라고 있는 자식 다섯을 먹이고 입히고 가르칠 수 있을까 고민했다. 한밤중에 그려야 했던 설계도에는 엄마의 속상함과 간절함이 배어들었고 나는 고층 빌딩 위를 뛰어다니는 꿈을 꾸고 있었다.

일 년쯤 지난 어느 날, 5교시 실과시간. 방안지를 꺼내라 시킨 담임선생이 그 위에 자기가 상상하는 집을 그려보라 했다. 방위와 척도, 벽, 창, 문 등을 표시하는 법도 알려주었다. 그림은 응당 스케치북이지, 왜 방안지야? 구시렁거리며 연필을 든 나는 그제야 그때 엄마가 내게 물었던 것이 무엇인지 알게 되었다. 방안지와 연필, 지우개를 가지고 엄마는 그날 집을 지었다. 남쪽으로 창을 내고, 마당을 두었다. 아이들이 둘씩 들어앉은 책상마다, 꿈과 환상 속의 집이 지어졌다. 모눈이 빼곡히 들어찬 푸른색 종이가 그렇게 멋져 보인 적은 없었다. 창을 내고 지붕을 올린다는 것은 얼마나 멋진 일인가. 머릿속의 삼차원 이미지가 2층 집에 다락방을 올렸다. 하늘을 향해 창을 내고 으리으리한 대문도 달았다. 속이 시원했다. 마음에 들었다.

상상과 설계도, 생각이 실제가 될 수 있는 그 중간의 실체. 투시도가 3차원의 일이라면 설계도는 상상이 묻어있는 2차원의 일이 아닌가.

그날부터 설계가 좋았다. 나는 자랐고, 커서 주제 문체 구성과 인물 사건 배경으로 짜여진 데이터베이스를 구상했고, 작품마다 인물과 주제와 배경과 사건으로 이뤄진 설계도를 그리기 시작했다. 철공소 앞 양철통에 불 피워진 문래동 골목에서 레몬색 이야기를 짜기 시작했다.

레몬 프린트, 2047

컨베이어벨트, 유압식 관절이 내는 소리, 쇠 깎는 냄새가 나는 골목. 이곳에서 할아버지는 쇠 깎는 선반에서 평생을 보냈고 그리고 늙었다고 했다. 그 선반을 만지며 놀았던 열 살의 소년은 쇠를 깎고 부품을 만들고 조립하는 선반과 함께 컸다고 했다. 한 치의 오차를 허락하지 않는 설계도와 CNC 사이에서 자랐고, 새 벽에 1톤 트럭을 몰아서 납품을 돕는 중학생이 되었고, 제어계 측을 전공하는 대학원생이 되었다고 했다. 그리고 자기처럼 설 계도를 좋아하는 여성을 만났고 나를 낳았다고 했다.

나는 열한 살. 별명 레몬. 엑소슈트를 입지 않으면 걷기 힘든 축구선수였다.

할아버지의 작업실을 그대로 이어받은 아버지는 그 선반을 그 대로 활용하여 만든 작업대에서 안드로이드를 만들었다. 3D 배 경 위에 레몬색 모델링을 하는 것으로 유명해서 레몬 프린트라 는 별명도 얻었다. 이곳은 노트북과 네트워크와 3D 프린터가 뒤 엉켜 있고, 밤과 낮이 뒤엉킨 곳이었다.

아버지는 사람과 기술과 마을을 좋아했다. 이 근처 작업실을 모두 네트워크로 이어버린 것도 아버지였고 마을공동체로 만들 어낸 것도 아버지였다. 제2차 환경오염을 지나며 기술과 환경과 장애가 뒤얽힌 도시도 좋아했다. 이곳에서 최첨단의 기술이 솟 아났고 숙소에서는 밥 짓는 냄새가 났고 아이들은 작업실 사이 를 돌며 술래잡기를 했다. 밤에는 작업대에서 어른들이 작업을 했고, 낮에는 개와 안드로이드와 아이들이 작업대 사이를 뛰어 다니며 놀았다. 아이들은 곧잘 프로그래밍 언어로직을 사용하여 말싸움을 하곤 했고, 라임이 비슷한 어셈블리어를 써서 욕하기를 좋아했다. 몸싸움을 할 때는 엑소슈트를 입고 신체부위는 건드리지 않기로 하고서도 반칙을 하며 당당하게 싸우곤 했다.

열한 살 때, 나는 엑소슈트를 입고 얼마나 달릴 수 있는지 알아보기 위해 동네 지도에 활주경로를 입력하고 달리는 데 집중하고 있었다. 세 시간 정도 달리고 나면 힘이 다 빠지곤 했다. 힘을 다 쓰는 것이 달리기의 목적이었다. 그러면 더 크고 새로운 힘이 솟아날 것이라 생각했다.

그날도 달리기를 마친 나는 터덜터덜 배터리가 나간 한쪽 무릎 관절을 질질 끌며 엑소슈트를 입은 채 아빠의 작업실로 들어섰다. 지익, 절컥. 지익, 절컥. 슈트 끄는 소리를 내며 작업실 문턱을 넘은 나는 아빠가 벽 전체에 설계도를 펼쳐놓고 턱을 쓰다듬고 있는 것을 볼 수 있었다.

"아빠, 장애인 기집애가 어떤 욕이에요?"

"글쎄. 너는 모르는 말이니?"

아빠는 슬쩍슬쩍 나와 눈을 마주쳤고 잔잔한 미소를 띠고 있었다. 나도 알고 아빠도 알았다. 내가 왜 묻는지 아빠가 뭘 생각하는지.

"아뇨, 알아요. 녀석들이 질 때가 되면 꼭 그러는 게 짜증 날 뿐이에요."

"그렇구나."

아빠는 손가락을 움직여 삼차원 설계도 화면에서 부품 몇 개를 바꿔 넣었다. 아빠를 따라 설계도를 보던 나는 호기심이 일었다.

"이게 뭐예요?"

"응, 팔이야."

화면의 설계도는 분명 어린아이 안드로이드의 팔이었다. 메인 화면에는 팔이 떠올라 있었지만 그 옆에 작은 창에 다섯 개의 전면 설계도가 있었다. 전신 모델링을 살펴본 나는 마음먹었다.

아버지의 안드로이드는 동작이 섬세하게 구현되기로 유명했다. 어린아이라면 아이만의 특징을 최대한 살렸을 터였다.

"내 동생이에요?"

나는 수없이 동생을 기다려왔다. 제발 만들어달라고 울고 불었다. 멀쩡하고 말 잘 듣는 남동생을 만들어달라고 이번에야 말로 제대로 억지 부릴 생각이었다.

"정말 내 동생, 아니에요?"

"할아버지 거야."

"왜요? 왜 내 것이 아니고 할아버지 거예요?"

"할아버지가 나를 찾으시거든."

"아, 무슨 말인지 모르겠어요. 왜 아빠는 만날 그렇게 알 수 없는 대답만 해요? 그리고 다리는 왜 만들다 말았어요?"

"글쎄다."

아버지는 팔 화면을 접고 다리 설계도를 꺼내 확인했다.

나는 아버지의 설계도를 보면서 내 상상을 잔뜩 덧붙이기 시작했다. 소년 휴머노이드. 함께 뛰어놀 수 있는 동생. 내 명령이라면 뭐든지 듣는 로봇. 힘도 세고 못하는 것도 없으면 더 좋다. 궁할 땐 대신 싸워줄 수도 있는 동생. 아, 얼마나 바랐던 일인가. 그게 바로 눈앞에 있는데, 내 것이 아니라니! 저 설계도를 망치고 싶을 만큼 질투심이 일었다. 꼬투리 잡을 게 없을까. 무슨 억지를 부릴까.

팔에는 아버지와 특별히 송수신이 가능한 장치가 있고 여러 가지 응급처치 프로그램이 들어있었다.

"보디가드는 벌써 만들었잖아요?"

"그래. 그건 저기 있지."

벽장처럼 생긴 충전대에 운동선수처럼 보이는 안드로이드가 서 있었다. 고속 충전중인 보디가드는 아버지 회사 제품 중에 가장 많이 팔리고 있는 베스트셀러였다. 당시 아버지는 디자이너에게 디자인 주문을 이렇게 넣었다고 해. 나와 할어버지의 모습을 섞어 스물여덟의 남자를 디자인해달라고. 그 이야기를 듣고 그게 어떻게 가능하냐고 나는 코웃음 쳤지만, 의외로 건강하고 믿음직스런 남자 이미지가 나왔고 크게 인기를 끌었다. 아버지의 생각은 늘 어딘가 달랐고 좋았다. 그래서 더 탐이 났다.

"저게 할아버지 선물이잖아요. 이건 나 줘요."

"글쎄. 이 아이는 아이대로 할 일이 있단다."

그때 문이 덜컹 열렸다. 이 작업실은 아주 구식 건물을 그대로 사용하고 있어서 문이 열릴 때마다 덜컹 거렸다.

할아버지가 엑소슈트를 입고 나타났다.

얼마나 돌아다닌 건지 엑소슈트를 입고도 기진맥진한 상태였다. 숨을 고르느라 헉헉대며 간신히 문을 붙잡고 할아버지는 아버지를 향해 입을 뗐다. 입이 말라 침이 하얗게 말라붙어 있었다.

"저기, 기술자 양반. 우리 아들 못 보았소? 이 동네를 다 뒤졌는데도 찾을 수가 없구려."

할아버지는 아버지의 어릴 적 사진을 들어보였다. 이쪽에서
잘 보이도록 몇 번이고 고쳐들었다. 나는 멍하니 입을 다물지 못
하고 있다가 입을 뗐다.

"할아버지……?"

"너도 이 동네 아이로구나. 응. 우리 아들 못 봤니?"

할아버지는 나도 아버지도 알아보지 못했다.

할아버지와 "우리 아들"이라는 이름의 소년 안드로이드는 그
날부터 쭉 함께 다녔다. 잘생긴 보디가드가 그들을 따라 다녔다.
덕분에 할아버지는 지금은 어른이 되어버린 아들, 눈앞에 있어
도 찾을 수 없는 아들을 찾으려고 마을을 돌며 하염없이 울지 않
아도 되었다.

아빠의 선물이 왜 내 것이 아니고 할아버지 것이었는지 알게
되었다. 왜 안드로이드면서 부실한 몸체를 가졌는지도 알 수 있
었다.

그때부터 나는 노는 시간을 조금 떼 내어 엑소슈트를 만들기
시작했다. 할아버지의 "우리 아들"에게 입힐 엑소슈트를 설계했
다.

할아버지의 "우리 아들"이자, 나의 골칫덩이인 안드로이드는
내 손으로 만든 첫 번째 엑소슈트를 입고 다녔다. 내 엑소슈트를
입고 열심히 넘어지고 깨지고 말썽을 피우고 다녔다.

"너 이리 안 와? 어디서 놀다가 또 망가졌어?"

농구공에 맞아 얼굴 한쪽을 찌그러뜨려 왔을 때 내 억장은 무

너졌다. 내가 친구와 엑소슈트를 입고 몸싸움을 하는데 끼어들었다가 팔이 부러졌을 때는 내 팔이 부러진 것처럼 아팠다. 할아버지의 우리 아들이자 아버지의 대역이자 내 엑소슈트를 입고 돌아다니는 그 녀석은 골칫덩이였다. 내 엑소슈트를 수도 없이 망가뜨렸다. 나는 그 녀석과 내 엑소슈트를 고치고 또 고치면서 사춘기를 보냈고 어른이 되었다.

아버지처럼 제어계측을 전공했고 안드로이드 마이스터가 되었다. 마을 공동체를 도시공동체로 만들고 그 중심부에 자리한 안드로이드 회사 이름을 레몬 프린트라고 지었다. 레몬 프린트는 평등과 평화를 기치로 한 첨단 안드로이드 회사이고 그 기술과 성공을 모두 인류를 위해 환원하는 기업으로 유명했다.

레몬 프린트. 아버지와 할아버지의 추억을 담은 이름이었다. 지금은 없는 할아버지와 아버지를 닮은 이름.

그때 할아버지를 보호하던 보디가드를 계속 업그레이드해서 내 보디가드로 삼았다. 당시 할아버지는 우리 아들이라 불렀고, 아버지는 꼬마라고 불렀고, 나는 골칫덩이라 불렀던 그는 여전히 내 엑소슈트를 입고 있으며, 레몬 프린트 회사의 마스코트가 되었다. 여전히 누군가의 아들 노릇을 제일 잘 했으며, 국민 아들이라는 애칭을 얻고 있었다. 여전히 잘 뛰어다니며 진짜 사람처럼 엑소슈트를 입고 축구를 했다. 안드로이드지만 오른쪽 다리는 무릎 아래가 없는 장애 안드로이드였으므로. 아버지처럼.

기억으로 남겨진 미래

전소영

자국

사람의 마음에 벽이 있어 마주했던 날들이 액자처럼 걸리고 또 떼어지는 것입니다. 때마다 가슴엔 못 자국이 생기는데 그것을 부르기 가장 좋은 말이 기억입니다. 흔적들은 한 시절 마음에 걸렸던 기쁨과 슬픔의 무게만큼이나 제각각의 크기로 저마다의 안에 머무릅니다. 그러다 바다을 보며 허정허정 걷는 날엔 서늘한 바람이 드나드는 통로가 되고 그리운 눈으로 하늘을 훑는 밤엔 별자리처럼 글썽이기도 할 것입니다.

누군가의 글을 읽는다는 것이 그런 벽을 지그시 바라보는 일 같다고, 자주 여기게 됩니다. 세월이 그에게 새긴 바람의 길이나 별의 나열을 들여다보는 것입니다. 먹먹해진 가슴을 쓸어내리다 새삼 못의 자국을 발견하기도 합니다. 그의 기억과 나의 기억이 서로의 기척을 알아차리고 날카롭거나 뭉툭한 손을 내밀어 문득

깍지를 끼는 일도 있습니다.

　어쩌면 우리가 그랬을 것입니다. 조금 전 문래의 기억이 걸린 벽들을 지나오며 우리의 기억을 거기 비밀스럽게 밀착시켰을지도 모릅니다.

　기억

　물론 생의 매분 매초가 모두 기억으로 갈무리되는 것은 아닙니다. 가슴팍에 못 자국이 있다고 주인이 그것을 항상 알아차리는 것도 아닙니다. 기억의 생리가 그렇습니다. 기억은 심연에 웅크리고 있다가 저를 불러내는 어떤 자극들에 불쑥—적절하거나 적절치 못한 순간마다 고개를 내밀어 우리를 안도하게 또 혼란스럽게 합니다.

　기억을 불러내는 자극이라면 주로 장소와 관련되어 있습니다. 장소가 기억의 스위치인 향기나 노래, 맛, 촉감의 저장소여서 그렇습니다. 기억한다는 것은, 줄여 말하자면 감각이 생의 장면을 훔쳐 어딘가 접어두었다가 다시 생각의 앞면에 펼쳐내는 과정일 것입니다. 돌이켜보니 그렇습니다. 삶에서 도려낸 사람의 얼굴마저 낯익은 감각과 동행해 불현듯 곁에 도착하곤 하는 것입니다. 지난날 그와 나눴던 향기나 노래가 오늘을 흔들어 가라앉아있던 추억의 파편을 부유시킬 수도 있습니다. 파편들이 꼭 그때의 온도와 질감으로 마음을 에워싸면 그 안에서 우리는 속수무책으로 외로워지거나 행복해질 것입니다. 장소는 이렇게 기억

보관함이 됩니다.

문턱

문래는 기억 보관함으로서의 권리 혹은 의무를 가장 강력하고 소중하게 지켜낼 수 장소입니다. "물길"(「문래」)처럼 혹은 "별자리 지도"(「골목과 굴곡, 다음은 별자리」)처럼, 때론 "핏줄"(「문래골목」)처럼 결국 하나로 이어진 책 속 기억들을 따라 걷다 새삼 느꼈습니다.

기억의 결에 따라 물레, 文來, Moon來, 門來로 읽힐 수 있는 자상한 문래라 했습니다. 하나 덧대어도 좋다면 그곳을 문턱이라 읽겠습니다. 가끔 문턱인 장소들을 만납니다. 몇 해 전 겨울 독일에서 그랬습니다. 혹독한 포화가 도시를 삼켰을 때 산산 조각난 한때의 성당, 조각난 시대를 기억에나마 간직하려는 후대가 그 잔해 위에 새 벽돌을 기워 쌓은 건물. 쾰른의 콜룸바 미술관Kolumba Museum에는 그렇게 과거와 현재, 그 사이를 가르며 잇는 투박한 금이 아로새겨져 있습니다.

과거도 현재도 아니지만 과거이자 현재인 그 경계를 마주하는 이는 하릴없이 그날과 오늘 사이에 서서 양쪽을 하나의 시야로 갈무리 할 수밖에 없게 됩니다. 그러다 지금 이 안온한 삶이 오래된 고통에 연루되어 있을지 모른다는 것을 생각하고, 좀처럼 꺼내들지 않았던 책임의 마음을 더듬어 찾기도 하는 것입니다. 달음박질치는 세월에 몸 싣기 바쁜 것이 사람의 일이어서 대개 걸음 붙들만한 과거라면 가뭇없이 지워내곤 하지만, 스스로가 어떤 부서진 날들 위에 쌓아올려진 존재인지 구태여 떠올려야 하는 것은 분명 살아있는 사람의 몫일 것입니다.

문래는 그 몫을 위한 문턱입니다. 철공장의 쇳내와 예술의 쇳내가 겹쳐져 있어 기억이 과거와 현재 사이를 자유롭게 왕복 운동하는 곳. 쉽사리 망각 속으로 휘발되는 노동과 땀을 질료 삼아 단단히 예술을 빚는 곳. 시간의 켜 아래 묻힌 얼굴과 이름이 회귀할 수 있는 곳. 역사라는 것은 감광성을 띤 판처럼 과거가 그림들을 보관해 둔 텍스트와 흡사하며 그림들을 아주 또렷하게 인화하는 데 필요한 화학약품을 가지고 있는 것은 미래(Walter Benjamin)라는 말을 곧장 떠올리게 하는 장소. 거기 멈춰 내내 기억을 인화하려는 사람들이 있어 문래는 영원히 미래[來]일 것입니다. 쉬이 건널 수 없는 문턱처럼 그곳이 우리 마음의 걸음을 붙드는 이유에 이제 닿았습니다.

장소

미래로서의 문래에 마음을 정주시킨 이들의 마음은 결국 한 군데로 흘러듭니다. 그곳이 공간이 아니라 장소로 남았으면 하는 바람. 흔히 모두에게 추상적이거나 중립적인 곳을 공간이라 부릅니다. 사적인 자취가 고스란히 배인 곳이라면 장소라 말합니다. 우리의 도시가 언젠가부터 장소 대신 공간으로 불리는 것은 애석한 일입니다. 제 안에 삶 부비며 살았던 사람들의 시간을 끌어안은 수다한 장소들이 내내 사라졌다는 이야기도 될 것입니다. 장소의 상실은 곧 기억의 상실입니다. 우리는 잠정적으로 기억상실증을 앓게 될 것이거나 이미 앓고 있습니다. 문래를 활자로 새겨둔 또 하나의 까닭입니다.

당신의 문래

사람의 마음에 벽이 있어 마주했던 날들이 액자처럼 걸리고 또 떼어지는 것입니다. 때마다 가슴엔 못 자국이 생기는데 그것을 부르기 가장 좋은 말이 기억입니다. 흔적들은 한 시절 마음에 걸렸던 기쁨과 슬픔의 무게만큼이나 제각각의 크기로 저마다의 안에 머무릅니다. 그러다 바닥을 보며 허정허정 걷는 날엔 서늘한 바람이 드나드는 통로가 되고 그리운 눈으로 하늘을 훑는 밤엔 별자리처럼 글썽이기도 할 것입니다.

글을 쓴다는 것은 나의 여린 바람 길이나 별자리를 당신 앞에 펼쳐놓는 것입니다. 실은 우리의 일이 그와 같습니다. 어쩌면 비밀스럽게 이 책으로 만난 당신의 마음이 나의 마음에 밀착되길 바랐을지도 모릅니다. 이제는 당신이 당신의 문래나 그 근처 어딘가 애틋한 장소로 발을 옮길 차례입니다.

여기, 깍지 낄 준비가 된 나의 기억을 길동무로 내어드립니다.

저자 소개

문정희 | 1969년 《월간문학》으로 등단했다. 시집 『문정희 시집』 『오라, 거짓 사랑아』 『나는 문이다』 『다산의 처녀』 『카르마의 바다』 등이 있다. 현대문학상, 소월시문학상, 정지용문학상, 천상병시문학상, 육사시문학상, 현대불교문학상, 목월문학상 등을 수상했으며, 마케도니아 테토보 세계문학 포럼에서 올해의 시인상, 스웨덴의 시카다 상 등을 수상했다.

송재학 | 1986년 《세계의 문학》으로 등단했다. 시집 『얼음시집』 『살레시오네집』 『푸른빛과 싸우다』 『그가 내 얼굴을 만지네』 『기억들』 『진흙얼굴』 『내간체를 얻다』 『날짜들』 『검은색』 등이 있다. 제2회 전봉건문학상 등을 수상했다.

고진하 | 1987년 《세계의 문학》으로 등단했다. 시집 『지금 남은 자들의 골짜기엔』 『프란체스코의 새들』 『얼음수도원』 『거룩한 낭비』 『명랑의 둘레』 등이 있다. 영랑시문학상, 김달진문학상 등을 수상했다.

김응교 | 1987년 《분단시대》에 시를 발표하고, 1990년 《한길문학》 신인상을 받으며 등단했다. 1991년 「풍자시, 약자의 리얼리즘」을 《실천문학》에 발표하면서 평론 활동도 시작했다. 시집 『씨앗/통조림』과 평론집 『그늘-문학과 숨은 신』 『사회적 상상력과 한국시』 등이 있다.

임정진 | 1988년 계몽아동문학상을 수상하며 등단했다. 지은 책으로 『행복은 성적순이 아니잖아요』 『발 끝으로 서다』 『지붕낮은 집』 『나보다 작은 형』 『땅끝마을 구름이 버스』 등이 있다. 2013년 한국아동문학상 등을 수상했다.

정진아 | 1988년 《아동문학평론》으로 등단했다. 동시집 『난 내가 참 좋아』 『엄마보다 이쁜 아이』 『힘내라 참외 싹』 등이 있다.

정우영 | 1989년 《민중시》로 등단했다. 시집 『마른 것들은 제 속으로 젖는다』 『집이 떠나갔다』 『살구꽃 그림자』 등이 있다.

허 연 | 1991년 《현대시세계》로 등단. 시집 『불온한 검은피』 『나쁜 소년이 서 있다』 『내가 원하는 천사』 『오십미터』 등이 있다. 현대문학상, 시작문학상 등을 수상했다.

김태형 | 1992년 《현대시세계》로 등단했다. 시집 『로큰롤 헤븐』 『히말라야시다는 저의 괴로움과 마주한다』 『코끼리 주파수』 『고백이라는 장르』 등이 있다. 제4

회 시와사상문학상을 수상했다.

황규관 ┃ 1993년 제5회 전태일문학상을 수상하며 등단했다. 시집으로 『패배는 나의 힘』 『태풍을 기다리는 시간』 『정오가 온다』 등이 있다.

방민호 ┃ 1994년 《창작과비평》 제1회 신인평론상을 받으며 등단했으며, 2001년 《현대시학》에 시를 발표하며 시 창작활동을 시작했다. 시집 『나는 당신이 하고 싶은 말을 하고』 『내 고통은 바닷속 한 방울의 공기도 되지 못했네』 등이 있다.

정정화 ┃ 1994년 《시와반시》 제1회 신인상을 수상하며 등단했다. '모든 죽어가는 것을 사랑해야지' 등 다수의 개인전을 열었으며, 산문집 『'나' 라는 이유』 등이 있다.

김혜영 ┃ 1997년 《현대시》로 등단했다. 시집 『거울은 천 개의 귀를 연다』 『프로이트를 읽는 오전』 등이 있다. 제8회 애지문학상을 수상했다.

이재훈 ┃ 1998년 《현대시》로 등단. 시집으로 『내 최초의 말이 사는 부족에 관한 보고서』 『명왕성 되다』 『벌레 신화』 등이 있다. 현대시작품상, 한국시인협회 젊은 시인상을 수상했다.

이성혁 ┃ 1999년 《문학과 창작》 신인상을 받고, 2003년 대한매일 신춘문예 평론 부문에 당선되어 등단했다. 평론집 『불꽃과 트임』 『불화의 상상력과 기억의 시학』 『서정시와 실재』 『미래의 시를 향하여』 등이 있다.

김이듬 ┃ 2001년 《포에지》로 등단했다. 시집 『별 모양의 얼룩』 『명랑하라 팜 파탈』 『말할 수 없는 애인』 『베를린, 달렘의 노래』 『히스테리아』 등이 있다. 시와세계작품상, 김달진창원문학상, 김춘수시문학상 등을 수상했다.

오 은 ┃ 2002년 《현대시》로 등단했다. 시집 『호텔 타셀의 돼지들』 『우리는 분위기를 사랑해』 『유에서 유』 등이 있다. '작란' 동인으로 활동 중이다.

천수호 ┃ 2003년 조선일보 신춘문예로 등단했다. 시집 『아주 붉은 현기증』 『우울은 허밍』 등이 있다.

조해진 ┃ 2004년 《문예중앙》으로 등단했다. 소설집 『천사들의 도시』 『목요일에 만나요』 『빛의 호위』, 장편소설 『로기완을 만났다』 『아무도 보지 못한 숲』 『여름을 지나가다』 등이 있다. 신동엽문학상, 무영문학상, 이효석문학상 등을 수상했다.

김선향 ㅣ 2005년 《실천문학》으로 등단했다. 시집 『여자의 정면』이 있다. '사월' 동인으로 활동 중이다.

이병일 ㅣ 2007년 《문학수첩》으로 등단했다. 시집 『옆구리의 발견』 『아흔아홉개의 빛을 가진』 등이 있다.

서윤후 ㅣ 2009년 《현대시》로 등단했다. 시집 『어느 누구의 모든 동생』이 있다.

전영관 ㅣ 2011년 《작가세계》로 등단했다. 시집 『바람의 전입신고』 『부르면 제일 먼저 돌아보는』 등이 있다.

전소영 ㅣ 2011년 《문학사상》 평론 부문 신인상을 수상하며 등단했다.

이인아 ㅣ 2014년 푸른문학상 청소년 부문 '새로운 작가상'을 받으며 등단했다. 지은 책으로 청소년 소설 『안녕, 베타』 『나는 블랙컨슈머였어』, 역사 동화 『이선비, 혼례를 치르다』 등이 있다.

최 연 ㅣ 2016년 《시와경계》로 등단했다.

황선재 ㅣ 2016년 시집 『늘지 않는 연습』을 출간했다.

구선아 ㅣ Urban Travel Writer & Contents Planner. 도시인문학서점 〈책방 연희〉 대표. 출판하는 도시콘텐츠 스튜디오 〈어반앤북〉 대표.

김선주 ㅣ 동시통역사, 사진가, 상담심리사, 자유기고가.

김순미 ㅣ 얼굴문패 작가. 2015년 개인전 '문래동 사람들'에 이어 다수의 기획전에 참여했다. 스튜디오 〈문래숲〉 대표.

유지연 ㅣ 화가. 2004년 '우리집에 놀러와', 2016년 '우주적 Something' 등 다수의 개인전을 열었다. 아트스페이스 〈뮤온〉 대표.

문래동 앤솔로지

아직 지나가지 않은 것들만 지나간다

© 문정희 외 2017

초판 발행 2017년 7월 28일

지은이	문정희 외
펴낸이	김태형
일러스트	정지웅
편집	이정윤 민소령
펴낸곳	청색종이
등록	2015년 4월 23일 제374-2015-000043호
제작	범선문화인쇄
주소	서울시 영등포구 문래동2가 14-15
전화	02-2636-5811
팩스	02-2636-5812
이메일	editor@bluepaperps.com
홈페이지	http://www.bluepaperps.com

ISBN 979-11-955361-5-3

이 도서의 국립중앙도서관 출판예정도서목록(CIP)은 서지정보유통지원시스템 홈페이지(http://seoji.nl.go.kr)와 국가자료공동목록시스템(http://www.nl.go.kr/kolisnet)에서 이용하실 수 있습니다.(CIP제어번호: CIP2017018349)

이 책은 영등포구청의 '문래공공예술지원사업'에 선정되어 제작되었습니다.

값 10,000원